胡连芝 张建军 审稿

回忆我的奶奶

奶奶是一位支前老人，是做人的楷模、思政育人的榜样。

戴红永 —— 著

江西高校出版社
JIANGXI UNIVERSITIES AND COLLEGES PRESS

图书在版编目(CIP)数据

回忆我的奶奶/戴红永著.—南昌：江西高校出版社，2021.5（2024.9重印）
ISBN 978-7-5762-1287-7

Ⅰ.①回… Ⅱ.①戴… Ⅲ.①纪实文学-作品集-中国-当代 Ⅳ.①I25

中国版本图书馆 CIP 数据核字（2021）第 078410 号

出版发行	江西高校出版社
社　　址	江西省南昌市洪都北大道96号
总编室电话	(0791)88504319
销售电话	(0791)88522516
网　　址	www.juacp.com
印　　刷	三河市京兰印务有限公司
经　　销	全国新华书店
开　　本	700mm×1000mm 1/16
印　　张	6
字　　数	70千字
版　　次	2021年5月第1版 2024年9月第2次印刷
书　　号	ISBN 978-7-5762-1287-7
定　　价	32.00元

赣版权登字-07-2021-529
版权所有　侵权必究

图书若有印装问题，请随时向本社印制部（0791-88513257）退换

奶奶正装照

奶奶出去玩

全家福

奶奶在院子里

序　言

我奶奶是一个非常普通平凡的农村老太太，但是她的思想境界不狭隘，她的为人处世之道不单一，她的家风家教不寻常，她对革命战争年代的贡献不能小觑。我奶奶享年99岁，对奶奶最好的怀念就是把奶奶为人处世的可贵品格、家风家教的宝贵精神传承下去。总结她老人家的一生，可以用七个字简单概括为"做人育人的榜样"。

一、她生于富农家庭，嫁给一个雇农，一生热爱中国共产党

奶奶娘家很富裕。奶奶从小过着衣食无忧、丫鬟不离左右的大小姐生活。她父亲给她请过私塾先生，她自己说读过《孟子》《大学》《中庸》等。她娘家有几百顷土地，在乡镇上（现山东省菏泽市东明县东明集镇上的天虹超市及路北边的几十亩土地以前都是她家的）有她家的棉花行、粮行，还有房产等。

我父亲年轻时，我家族的堂爷爷当时是村党支部书记，给爸爸谋了个当医生的差使，就在组织考察时发现他外婆家是富农，就泡汤了。

日军入侵山东东明西夏营时，我的奶奶参加保卫八路军储备粮的工作。1941年至1945年，奶奶到夏营村给刘麻子种地。1944年日寇侵入西夏营时，飞机在空中轰炸着，日军大肆疯抢老百姓的东西，把老百姓被子外面的布撕下来拿走,里面的棉花扔了不要。西夏营是八路军的粮食储备库,当日军占领夏营村时,奶奶发动全家人一起帮八路军把粮食藏入家中自己挖的地窖里,等到西夏营伏击战胜利、日军撤退后,又和家人把藏入家中的粮食如数交还给八路军。我的奶奶受到八路军长官的高度赞誉:"勇敢、可信、可亲、可敬的大嫂。"

我的奶奶让解放军在我家吃住。1946年刘邓大军南下渡黄河,东明的民兵武装和老百姓抬担架、送军粮,配合战斗,有的还随军参战,配合冀南军区独立旅阻击国民党四十一师于东明西南角,并歼灭其一部。当时解放军(人们习惯称"八路军")住到我家里,奶奶一看解放军来了,毫不犹豫地对两个妯娌说:"你们两个和我挤东屋一间,西屋一间和堂屋三间腾给八路军住。"因为奶奶是老大,就这样安排了解放军在我家里吃住。解放军在我家里住、烧饭,我家人和解放军同吃同住了两天,两天后军队在北地打麦场开了半天会,就南下了。

我刚读初中时曾经问过奶奶一个问题,我问她:"恁娘家以前那么富有,共产党来了,你们啥都没有了,我父亲也因为恁娘家成分不好而当不了医生,您为什么还这么实心实意地帮八路军呢?"奶奶说:"我见过日本军、见过中央军(我们老家当时当地对国民党反动派军队的统称)、见过八路军,这三个队伍在咱们家门口来来回回过了好几趟,只有八路军对人好,待人亲,从不拿我们的东西,值得帮。"

前几年,我也曾经问过奶奶:"共产党好不好?"她说:"好。"我又问:"为啥好啊?"她说:"共产党当家穷人少了,大家都一样,谁也不比谁高一等,过上好日子的人多了,以前过好日子的就是像我娘家那样的极少数人,这样不好。"

我刚读初中时,奶奶说我父亲由于外婆家成分不好,没有入党。

她就鼓励我加入中国共产党,所以我16岁读初二时就写了第一封入党申请书,由于年龄不够18岁,被时任书记兼校长的董留任老师婉拒了。我是高中任学校学生会主席时加入党组织的,我入党之后我奶奶特别高兴,记得奶奶当时逢人就讲"红永入党了"。

二、好日子、穷苦日子都能过,感恩勤劳的一生

奶奶在娘家过着富裕的生活,婆家却穷得很。我爷爷弟兄四个,一个姐姐,还有公婆。我家里人给地主家种地,经常挨饿,我的奶奶经常到她娘家拿粮食。

奶奶四十岁时,爷爷因病去世。当时我的父亲只有8岁、大姑6岁、二姑4岁,在那个物资极度缺乏的时代,日子过得很艰难。奶奶没日没夜地靠做针线活把儿女们辛苦拉扯大。那是奶奶一辈子最艰难的日子,但她不向困难低头,乐观地生活,最终把儿女们抚养成人,并给儿女们成了家。奶奶有经济头脑,在大姑十多岁时,大姑就出去卖烟补贴家用。

奶奶是一个比较勤劳的人。奶奶说她最爱劳动,两只手就不喜欢闲着。她能劳动时,早晨起来做饭,吃完饭刷完锅碗,就去田地里干活,干活回来做午饭,午饭后,又去田地里干活,或者做针线活和家务。晚饭后出去串门,找邻居聊天,聊天回来睡觉。奶奶在她95岁时还下厨房炸油条、炸丸子、下饺子等。

奶奶是记人恩、念人恩、懂得感恩的人。她曾经说:"自己吃了填坑,别人吃了留名。"有什么好吃的东西首先留给孩子们或者送给帮助过我们家的人,她很少自己吃好吃的,有也是和大家一起分着吃,她常挂嘴边的一句话就是"我不喜欢吃独食"。后来我从南昌回家时

给她带的东西,她都会想着把这些东西分好给这家、给那家,而"这家那家"都是当年我家困难时帮助过我们的邻居。

三、教育孩子方法多样,谦虚低调,从不埋怨人

奶奶教育孩子、管理孩子非常具有艺术性。吃饭时她从不打骂责怪孩子,她常说:"如果吃饭时你打骂责怪孩子,是让孩子吃饭,还是不让孩子吃饭?"总结奶奶管孩子的经验基本上是这样:10岁以下用吓唬,10~18岁是强制管,18岁以上给孩子讲清道理,听与不听她让孩子自己选择。她会照顾到孩子的面子和自尊心,我表哥在我家附近的一所学校读的五年级,他曾说:"恁奶奶聪明着呢,啥都知道,就是心里明白而不点破,这比点破还让人信服啊!"其实孩子大了,难免会做错事,孩子也知道错了,奶奶会照顾到孩子的面子,因为孩子是需要面子的,更需要的是肯定和鼓励。

奶奶从不埋怨人。她曾经说过:"不能埋怨人,你埋怨人,只会使事情越来越糟糕,也解决不了问题,徒增自己和旁人的烦恼,不如静下心来想办法;如果你只顾埋怨人,会使那个人很难看。"不使人难看、不让人难做,也是奶奶为人处世的基本风格。如果出现差错了,她首先把错误揽到自己身上,过后发现不是她自己的错,她自己就呵呵一笑了。

奶奶是一个知进退、很自觉的人。奶奶曾经说过:"人要自觉,不要等着别人说第二遍;人要有眼色,不要死眼皮,能不麻烦别人就不要麻烦别人。"她96岁以后,在我两个姑家住着时只要一有不舒服,马上就要我父亲带她回家,大家都不知道为什么。后来我问她,她说:"现在我就是一个熟透的瓜了,说不定哪天就瓜熟蒂落了,不能老到外面呐。"2018年农历正月十二日早上9点,她就起不来了,医生过来打上点滴,到农历正月十三日早上9点去世,在床上躺了整整一天。去世后别人给她穿衣服时身子下面干干净净,连一点污渍都没有:她老人家临走还这么自觉。

四、与人相处不搬弄是非,宽宏大量,心态平和

奶奶是一个宽容的人。父亲娶第一个妈妈没有过多长时间就离婚了,还生了一个孩子,据说是晚上被第一个妈妈睡觉时不小心给压死了。第一个妈妈从进家门到离婚从来没有叫过我奶奶"娘"或者"妈妈",奶奶从来没有告诉过我父亲。离婚之后很久了,谈起第一个妈妈时,奶奶才说出来。父亲问她:"你为什么不早点告诉我啊?"她说:"说出来了,你们两口子不吵架吗?你们咋过呀?再说,我没有生她也没有养她,叫娘不叫娘都中。"

奶奶是一个与人为善、不搬弄是非的人。奶奶说过:不要对这个人说那个人不行,也不要对那个人说这个人不行。她和别人不谈论邻居家的敏感话题,不谈论婆媳之间的敏感话题。关系好的人对她诉苦,她就听着、安慰着,不答其对错。她常说:"清官难断家务事。"有个老四奶奶,我们关系非常好,这个老四奶奶和儿媳妇关系不好,但是我奶奶就和老四奶奶、她儿媳妇关系都很好,我奶奶去世后就是她儿媳妇主动赶过来给我奶奶穿的衣服。

奶奶92岁时生病了,我带她到河南兰考人民医院给她看病,一个医生给她做磁共振时对她说:"老太太,您的脑细胞真好,有的40岁人的脑细胞还不如您呐,这说明您心态好啊!"我奶奶听后笑了。

我和我奶奶共同生活了38年,我亲身体会到了奶奶不计较个人

的得失、热爱共产党的胸怀；我亲身体会到了奶奶"己所不欲，勿施于人"，以理服人的教育方法；我亲身体会到了奶奶勤劳一生，不搬弄是非、不埋怨人，懂感恩、知进退的高尚情操。这些都深深地镌刻在了我的脑海里，融化到了我的血液里，影响着我的一生。

CONTENTS
目 录

一、看透世事 /1
　　奶奶的童年 /2
　　嫁给一个雇农 /4
　　娘家家道中落 /6
　　帮八路军藏粮食 /8
　　让解放军在家吃住 /10
　　父亲的工作泡汤 /12

二、艰难持家 /13
　　去市里给爷爷看病 /14
　　独自带大三个孩子 /16
　　叫不叫娘都没事 /17
　　无怨无悔伺候儿媳妇 /19
　　我的出生 /21

三、幸福生活 /23
　　对孩子不能娇惯得不懂人事 /24
　　吃饭时不能打骂孩子 /26

聪明的奶奶　/28

和奶奶一起捡破烂　/29

每到响午奶奶都会问我吃啥饭　/30

在厨房忙碌了一辈子　/32

爱屋及乌　/34

奶奶鼓励我入党　/36

送送你还能耽误你多少事　/38

奶奶与她的重孙女　/40

抱着重孙子的奶奶笑得合不拢嘴　/43

拜年　/45

孙媳妇与奶奶　/47

幸福的晚年　/50

四、为人处世　/59

不能怨天尤人　/60

不能翻嘴扯舌　/63

能不麻烦别人就不要麻烦别人　/65

奶奶是个自觉的人　/68

扬手不打笑脸人　/71

男人哪有不难的，当男人就是"作难"的　/73

不能认死理　/75

在外不能说儿媳妇的不是　/77

闺女孝敬娘是应该的　/79

做人要知恩图报　/81

后记　/83

一、看透世事

奶奶的童年

奶奶(卢汴)出生于1920年农历十月十六日,娘家是山东东明县东明集镇卢寨村的一个富农家庭。

奶奶兄妹三人,有一个哥哥叫二伏,有一个妹妹叫麦。奶奶7岁时母亲去世,她就在自己家和她姥姥家轮流生活。

奶奶娘家有几十顷土地。她娘家的院子也比较大,现在被几十户人家分割了。奶奶还有一个新家,在东明集镇上,就是现在整个天虹商场及往北和往东的地方,以前都是她娘家的产业。我读初中的时候,去我同学文长喜他奶奶家玩,他奶奶住在天虹超市路北,他奶奶问清我的家世后,就说:"我们现在住的地方都是你奶奶娘家的地方。"

奶奶娘家在镇上开有棉花行、粮行、油行等,产业很大,业务很广,收益也很丰厚。每当过年的时候,他们就收拾好,关门回卢寨村老家过年。奶奶说小时候她父亲给他们请了私塾老师去教他们读书认字。我小时候就问过奶奶:"那你念过什么书啊?"她说:"有《大学》《中庸》《孟子》。"当时由于我年龄小,我就不懂什么《大学》《中庸》《孟子》。

每到过年时或奶奶父亲过生日时,她娘家都会请人唱戏,有时候镇上也会请人唱戏,请三班戏,台子都搭在一起,看谁唱得好。镇上每次请戏子唱戏,都会专门拿个帖子请我奶奶的父亲点戏,奶奶的父亲就会问问奶奶喜欢看什么戏。奶奶说:"看戏前人家都会抬轿来请,我和你姨奶奶看戏时后面都会站两个专门端着瓜子和果子的丫鬟,想吃的时候,往后一伸手,她们就会给我吃的。"

平时没有事的时候,奶奶就会约上几个伙伴一起打牌,怀里揣着暖炉,后面站的丫鬟端着铜钱和吃的零食在旁边伺候着。不论赢了还是输了,丫鬟都会把铜钱收拾好。

他们过年时家里可热闹了,蒸多少馒头、弄多少肉,那是有一定讲究的。馒头和肉要分给长工和短工,让他们回家也好好过个年。奶奶说她父亲每到过年都会买些红纸,用刀割开,给长工和短工包大红包。她父亲也会给她和姨奶奶每人20块大洋。

奶奶娘家和他们雇工的关系很好,不是我们想象的那种恶劣的"主雇"关系,这也许就是我们所讲的,奶奶父亲应该属于开明乡绅吧。他们雇用了好多人种地,其中还有河西新乡的。记得在我十来岁的时候,她家的那个长工到我家看我奶奶,叫我奶奶"大姑"。其实这个长工比我奶奶年龄还大,但是根据当时的规矩,他要叫我奶奶"大姑",叫我姨奶奶"二姑"。我奶奶当时对那个长工说:"现在不行这个了,不要叫大姑了,你比我大,这么远还来看我,叫大妹子吧。"长工说:"那怎么行?辈分不能乱呐。"我记得当时长工来我家的时候有70多岁,跟我奶奶聊会儿天,把四合院打扫了一遍,又打了喝的水就走了。

嫁给一个雇农

常言说"男大当婚,女大当嫁",奶奶提起她嫁到雇农戴家来,就非常感谢她的父亲。

奶奶说当时父亲给她和姨奶奶找婆家,父亲考虑了很久,是找一个门当户对的呢,还是找一个穷婆家呢?根据当时的形势,兵荒马乱的年代还是找一个穷的婆家好一些。纠结了许久,奶奶的父亲便让奶奶嫁给了爷爷。

我的家里祖祖辈辈都是给人家种地的,给人家种地,人家给点吃的,如果不给人家种地,自己就没有吃的,所以到处帮别人种地,以便养家糊口。我家是直到新中国成立后才分到了土地。

据奶奶回忆,1940年她当时出嫁时可隆重了,排场可大了,整个文寨村都很难找得到这么有排场的。一般人是没有轿子的,有钱人家是四人抬的轿,而她是八抬大轿;人家嫁闺女都是租的嫁衣,而奶奶的嫁衣是她父亲找人量身定做的,凤冠上用真金白银镶嵌的各种图案栩栩如生。陪嫁了很多东西。

虽然嫁到了一个最穷的人家,但是嫁过来后婆家人都高看她一等,因为奶奶带来丰厚的嫁妆,因为奶奶经常回娘家拿吃的。我爷爷他们弟兄四个,我爷爷最大,我爷爷的父亲又是弟兄四个,再往上面数又是弟兄四个,所以我们是一个大家族。家里经常粮食不够吃,吃了上顿没有下顿,这时一大家子就会把目光投到我的奶奶身上,但是不明说,又不直接说,奶奶懂。这个时候奶奶就会主动提出来到娘家住几天,每次走时,她的婆婆就会叮嘱她早点回来。其实奶奶到了娘家就住一个晚上,第二天一大早就拿些吃的回来了,因为她知道家里老老少少都等着她拿回的东西填肚子呢。她每次回娘家时,她父亲也知道,她婆婆家又没有吃的了,所以早早就给她预备好了,新蒸的白馒头、油炸的肉丸子、红烧肉碗头等。

  奶奶是妯娌们里面最受婆婆待见的,这不只是因为她娘家富裕,而是她会做人、团结妯娌、孝敬公婆。她还替自己的婆婆照顾婆婆的婆婆,主动做饭刷锅,帮妯娌们带孩子。奶奶有一个小叔子,也就是我的四爷爷,由于年纪比较小,奶奶还要帮助婆婆照顾他。虽然家里穷,但是一大家子过得其乐融融。

娘家家道中落

1950年的冬天,下着鹅毛般的大雪,我奶奶带着我大姑住娘家,我大姑1岁左右,那个时候奶奶的父亲已经病入膏肓了。

奶奶的父亲去世后,家里就剩下奶奶的一个哥哥,叫"二伏",还有个嫂子,他们没有孩子。虽然一些东西均分了,但是"瘦死的骆驼比马大",还是有很多家底的,所以他们家族里的人开始掀起了"过继"之争。也就是说他们的近门邻居都争着要过继给奶奶的哥哥,都争着去当我奶奶哥哥的儿子。要是放到现在是不可理解的,那个时候,人多,粮食少,媳妇又难找。奶奶的哥哥被"过继"之争折腾得很烦,他和奶奶的嫂子商量不过继任何人了,但是形势由不得他们,像康熙皇帝晚年的"九王夺嫡"一样,搞得奶奶的哥哥难以过上日常清净的生活。被逼得没有办法了,奶奶的哥哥从近支过继摆不平,干脆从"五服"以外找了个,也就是后来做我奶奶哥哥儿子的"蓝大爷",蓝大爷过继过来后,这个"过继"之争的风波才得以平息下去。

蓝大爷家里弟兄好多,都找不到对象,家里穷,弟兄们又多,过继过来后迅速找到了媳妇。奶奶的哥哥去世后,奶奶的嫂子回到娘家丁寨村,后来改嫁到任老屯。奶奶的嫂子去世后,奶奶嫂子娘家人跟我奶奶商量,把她葬到卢寨村,也就是和我奶奶的哥哥合葬,后来听说,卢寨村的人不同意,这个事就不了了之了。

奶奶的哥哥在三年自然灾害时期所受的打击和饥饿是常人难以想象的,奶奶说,有一次奶奶去看她哥哥,她哥哥躺在床上看到奶奶去看他,他说:"大妹妹,你给我弄个鸡蛋吃吧。"奶奶含着泪点点头,奶奶每次回忆起此事都有一种刺骨的痛。奶奶说:"家里还有你爷爷,也饿着,没有吃的,我去哪里给他弄吃的啊。"

蓝大爷生有四个儿子,蓝大爷的媳妇蓝大娘很多年前由于不堪重负,上吊死了。2019年,蓝大爷的房子着火了,他在房子里面被活活烧死了,就这样,一个很好的家庭,一个那么兴旺的家庭败落了。

帮八路军藏粮食

夏营村位于东明县大屯镇,20世纪20年代,军阀连年混战,这里成了战场,天灾人祸不断,老百姓过着颠沛流离的生活。由于农民改变现状的革命要求强烈,1929年8月,菏泽地区第一个农村党支部中共夏营党支部应运而生。一批批抛头颅、洒热血的优秀共产党人从这里走出来,用鲜血和生命践行革命信仰。

我奶奶常说,我们这一家出生的地方都不一样,只有我一个人出生在文寨村,我女儿陆清出生在东明县城妇幼保健院,我儿子出生在江西省人民医院,而我的父亲出生在夏营,夏营是我们老家给地主家种地的地方。我奶奶结婚嫁到文寨村后,就基本上举家迁到夏营村给刘麻子种地去了。

1941年到1945年,奶奶种的是刘麻子的外庄地。1939年日军侵入东明,1944年日寇侵入西夏营。奶奶说:"当时可乱了,鬼子过来后什么东西都要,见什么拿什么。"奶奶的一床被子在院子里面晒着,没有来得及收起来,就被鬼子把被罩撕掉后塞到衣服里拿走了。鬼子大肆抢劫老百姓的东西,凡是能拿走的都拿走了。鬼子还动用空中飞机对夏营进行轰炸。

当时的形势异常严峻,由于夏营村是八路军的敌后根据地,日军知道这个地方藏有粮食、弹药之类的物资,所以把西夏营作为攻击的目标。奶奶说:"西夏营暴露后来才知道是由于汉奸的出卖,八路军的这个据点差一点就葬送了,在日军过来前八路军早已动员老百姓把粮食、弹药转移了,也就是重新藏了一个地方。"由于我家里有一个地窖,奶奶主动向八路军请缨,让我爷爷帮八路军把三袋子粮食藏到我家地窖里。日军过来后逼迫老百姓交出八路军的粮食,但是日军毫无所获。等到西夏营伏击战胜利、日军撤退后,奶奶和爷爷把藏入家中的粮食如数交还给了八路军,奶奶因此受到八路军长官的高度赞誉:"勇敢、大义、可亲、可敬的大嫂子。"

让解放军在家吃住

1945年抗日战争胜利后,我们家里人不给地主种地了,举家老少又重新回到老家文寨村。

1946年刘邓大军南下渡黄河,东明武装及民众抬担架、送军粮,并随军参战。老百姓配合冀南军区独立旅阻击国民党四十一师于东明西南角,并歼灭其一部。

由于我们家当时住的是村里北边,也就是说住在村庄的最边上,再往外走就没有住户了。1946年夏天,解放军一进村就到我家里跟我家里人商量,说想借宿。我奶奶一听,毫不犹豫地答应了,并对两个妯娌说:"你们两个和我挤东屋一间,西屋一间和堂屋三间腾给八路军住。我们吃饭就在后面,把咱们的锅碗瓢勺都给八路军,我们先凑合一下。"因为我奶奶是老大,公公婆婆又听她的,所以就这样安排解放军在我家里吃住了两天。解放军在做饭时,由于我爸爸年纪小,才四岁,人家解放军做好饭了,他就跑过去,要吃解放军的饭,所以每到饭时奶奶都会看好我爸爸,不让他跑过去。解放军的东西也不够吃,缺盐缺油,有时候就会到东屋找我奶奶借。两天后军队在北地打麦场开了半天会,就行军南下了。走的时候,奶奶都不知道,早上一起来看到院子打扫得干干净净,厨房收拾得干干净净,水缸的水也满了,锅里留了封感谢信,还有借条。

后来我问奶奶,借条和感谢信还在不在。奶奶说:"不就是借了一点油盐吗?我们从未想过要八路军还。借条在做午饭时就当引火纸烧了。"

奶奶说:"在同吃同住的两天中,一些当兵的在吃饭的时候,也会在院子里和我们聊聊天。"其中有一个小孩子兵最喜欢和奶奶聊天,奶奶后来对我说:"这个孩子兵挺可怜的,是八路军南下过黄河时收养的地下党的孩子。这个孩子的父母由于给八路军通风报信被国民党杀了,八路军把这个孩子收养了,这个孩子和炊事班的丁厨师一起生活。"奶奶想收养这个孩子兵,同厨师和小孩子商量:"兵荒马乱的,你们当兵的居无定所,吃饭也不能按时间吃,带个孩子不方便,要不就把孩子留下来吧。"奶奶后来笑着说:"人家说了好多感谢的话,但是丁师傅和孩子都表示要跟着部队走。这个孩子仅比你父亲大两岁。"

父亲的工作泡汤

我父亲的学习成绩很好,但家里穷,父亲读完小学就没书念了。父亲当时的学习成绩在全校名列前茅,尤其是数学成绩特别棒,经常挑选我父亲代表学校出去参加比赛。就算现在的小学数学那么难,他还会做,寒暑假他还能给我闺女答疑解惑。我父亲特别喜欢逻辑性强的题目,我在这方面就没有遗传他的基因,我的数学特别差。我父亲对于数学有一股钻研的精神,他只要看到一本书,不论什么书都会看上半天。

我家族有一个堂爷爷,我应该叫他"玉琪爷",他当时是我们村的党支部书记。他是有名的公道正派,是个夙夜在公的人。他看到我父亲有点文化,脑子又聪明,就想让我父亲在村卫生所当个医生。新中国成立后各方面的人才奇缺,当时只要你认字,肯钻研,就可以做某方面的工作,可以使自己由外行渐渐变成内行。奶奶听说我父亲即将当医生,甭提有多高兴了。

去当医生,按照当时的说法,也算"半个公家人",所以要进行政审,也就是对当事人的外婆家、姑姑家、本家进行政审,看看这三家的家庭成分怎么样。当奶奶一听到要政审时,心里就凉了半截。果不其然,没有过几天,玉琪爷爷跑到我家,告诉我奶奶,公社(现在叫镇党委)研究时没有通过,原因是他姥娘家是地主成分。随后,我堂爷爷就安慰奶奶说:"别急,以后还有其他机会。"奶奶其实心里早已有数了,说了句感谢堂爷爷的话,就再也没说什么了,虽然奶奶早有心理准备,但是内心还是挺难受的。

父亲的第一份工作就这样泡汤了,本来欢欢喜喜的一件事,会给这个家庭的命运带来转折,甚至会改变这个家庭,但是就这样戛然而止。

二、艰难持家

去市里给爷爷看病

爷爷戴玉迷是家里长子,我的爷爷弟兄四个;爷爷的父亲也就是我的曾祖戴冠臣排行老三,曾祖一共弟兄四个;曾祖的父亲也就是我的高祖戴东明排行老大,我的高祖一共是弟兄五个;我高祖的父亲是天祖戴文江,天祖的父亲是烈祖戴起峰。我们的家族在我们村里是个大家族,人非常多,占据了大半个村子。

我的爷爷、奶奶就是在这样一个大的穷家族里生活。爷爷身高1.90米左右,他饭量大,吃得多,在那个艰苦的岁月里,由于他长期吃不饱,又要终日下地劳动,所以慢慢地积劳成疾。我的奶奶明白,爷爷是家里的顶梁柱,孩子们还小,正是需要他的时候,这个时候可不能倒下,所以先让我爷爷到菏泽住院看病。

爷爷住院后,奶奶卖光了她的所有首饰嫁妆,给爷爷治病。奶奶说,她金灿灿的金簪子、银簪子、金手镯、银手镯、金耳坠、银耳坠、金帽花、银帽花、大耳环等能卖的东西全部卖光了。换了钱后,奶奶把孩子安顿在别人家里,独自一人去30多公里的菏泽医院看爷爷。说起来容易,做起来难,奶奶不认路,只知道菏泽在我家的东边,一直往东走就是了。奶奶的三寸金莲要步行30多公里,艰难是可想而知的,奶奶天没亮就起床,弄点干粮路上吃,走了一天也没有到。东西吃完了,就投奔到一户好心的人家住了下来。到了第二天,天没亮,奶奶匆忙起床继续往菏泽医院赶。

经历了种种艰难,奶奶终于到达了菏泽医院。到了医院,医生告诉奶奶,爷爷已经快不行了,让奶奶有个心理准备。奶奶当时的难过程度是可想而知的。奶奶说:"我把首饰嫁妆都卖了,拿着钱跑着去,跑了那么远、那么久,指望着去了后,你爷爷的病就好得差不多了,觉得照顾他几天就可以一起回来,谁知道他的病好不了,他的寿期已经到了。"

奶奶后来说:"其实当时也有这种预感,东西都卖了,卖光了,万一病没有治好,自己啥也没有了,自己带着这三个孩子生活就更难了。当时又不能不治啊,又不能等着死啊,万一治好了呢。"

爷爷去世后,家里连买棺材板的钱都没有。邻居用砖砌了个池子,用织成的玉米秆子卷起来把我爷爷简单地埋了。

独自带大三个孩子

奶奶一共生育了5个孩子,有3个长大成人,就是我的父亲和大姑、二姑。

爷爷去世的时候,父亲当时只有8岁,大姑6岁,二姑4岁。奶奶还不到40岁,在那个饥寒交迫、缺吃缺穿的农村,独自一人把三个孩子带大是多么的艰难,这是可想而知的,也是用语言文字无法描述的。

刚开始的时候,奶奶帮人家缝缝补补,弄点吃的,那个时候还是人民公社,大家在一起吃饭,父亲兄妹三个经常挨饿,饿得坐在那里一动不动,本来这个年龄段是玩得最疯的时候,可是饿,没有力气动。

到后来人民公社有点松动的时候,我父亲兄妹三个都大了一些,奶奶才想着做点生意,迫于生计,他们偷偷地卖点洋烟,父亲偷偷进货,大姑偷偷到邻村去卖,奶奶和二姑在家里做点家务。奶奶说,有一次大姑出去卖烟了,天黑了还没有回来,全家人都担心死了。

奶奶后来在自家院子里种菜,有一次蒜薹长出来了,她就把蒜薹拔出来,弄了两把,一大早步行7里路到东明集市上去卖。后来奶奶给我讲起此事时我就在想,那是穷到什么地步了,奶奶是多么需要钱啊,要不奶奶也不会一大早迈着三寸金莲的脚走那么远,仅仅为了卖两把蒜薹。

叫不叫娘都没事

父亲娶的第一个媳妇是邻村夏寨村的,从我奶奶与父亲的话里,得知她不是一个善良的人。

结婚后,她经常串门,和那些族里的妯娌整天坐在一起东拉西扯,听风就是雨,不做家务,回来和我父亲吵架,出去又和邻居吵架。好不容易有了个孩子,大概一岁多,半夜睡觉的时候,她搂着孩子,不小心把孩子给压死了。孩子压死之后,她也没有一点自责。听奶奶和父亲唠嗑唠到此事后,我就想这是一个什么样的农村妇女呢,生个孩子半夜都能被自己压死!

过了没有多久,他们就过不下去了,离婚了。不过想想也是,作为那个年代的农村妇女,不做家务,出去还和邻居吵架,回来和家里人吵架,生个孩子又被自己压死,可见,当时父亲过的是一种什么样的日子。

离婚后好久了,有一次奶奶和我父亲聊天,笑着对我父亲说:"你们结婚以来,她这么长时间从来没有叫过我一声娘。"我父亲就说我奶奶:"那你为什么不早说呢?"我奶奶答道:"如果我当时对你说了,那不是让你们吵架吗?还让你们过不过啊?再说了,我一没有生她,二没有养她,她叫不叫娘都没事。"

后来我问过奶奶,我说:"当时她不和你一起做家务,又不叫你娘,你都没有意见吗?"奶奶笑着说:"那能有什么意见,你不想想儿媳妇她姓什么你姓什么,你又没有生过人家养过人家,人家凭啥跟你亲啊。人好的,懂事的,看在自己外边人("外边人"是东明俗语,指自己的男人)的份上,顾顾外面(意思是做表面很好的婆媳关系)叫你一声娘,不叫你娘也是应该的。"

其实,奶奶与儿媳妇的相处之道,对于当今的婆婆们和儿媳妇们处理婆媳关系或多或少有积极的借鉴意义。

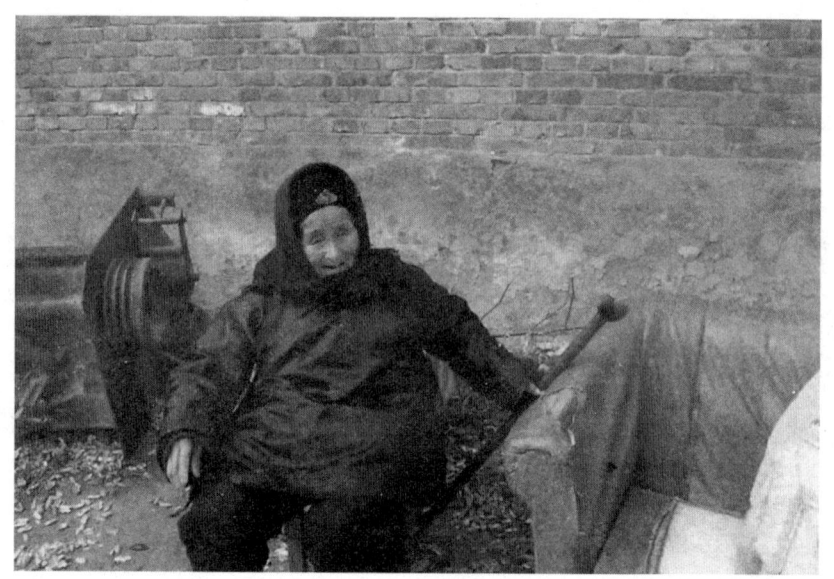

奶奶在大当街玩

无怨无悔伺候儿媳妇

父亲娶的第一个媳妇离婚以后,没有过多久,又娶了第二个,是大姑隔壁村电子集村的。

第二个媳妇过来后不久,父亲就发现她患有心脏病,更不要说能生育子女了。父亲觉得生活失去了意义,又不能离婚不要人家,但是对生活还是要充满信心的,所以父亲就和我奶奶商量,出去找点事情做,奶奶同意了。

现在农村人出去打工很正常,国家是鼓励的,这叫为城市建设做贡献,称为"农民工"。那时不行,农民种地,工人做工,解放军保卫祖国,大家都不能乱跑,不能串岗,不能不务正业。现在看来当时奶奶同意父亲出去闯荡还是挺对的,很超前,像当年小岗村"大包干"分田地一样,具有开创精神。

父亲出去后家里就剩下了二姑和奶奶,因为大姑已经结婚走了。奶奶和二姑在家里照顾这个有病的人,奶奶后来说,照顾病人是可以,谁都会生病啊,但是照顾这个病人心里没有盼头。照顾好病人的目的是希望病人能够快点好起来,可是这个病人不一样啊,她是心脏病,给她看病当时医疗条件又不好,现在这个病也是不好治的,所以照顾这个病人是看不到一点希望的。这个儿媳妇的病到后来越来越重了,卧床了很多年,给她端吃的,给她端喝的,还要给她端屎端尿。奶奶说:"这个儿媳妇非常好,懂事,不停地叫娘,嘴巴很甜,人也很好,到她死,我觉得都没有伺候够她。"奶奶的意思是说:由于这个儿媳妇好,到这个儿媳妇死掉,都还想伺候她。奶奶后来回忆说,她死的时候,出完殡,她娘家人、她爸她妈还给我奶奶说好话,安慰我奶奶。

　　现在回想起来,奶奶做得确实够好了,娶了个儿媳妇不能生孩子,还得了这种不治之症,搁谁身上谁都难过,心里有一百个不情愿,但是奶奶还是善始善终对待人家。

奶奶在和我们聊天

我 的 出 生

父亲和母亲的结合属于新时代的恋爱婚姻,父亲在外面串百家门,主要是学会了做木工。父亲在河南、陕西一带活动。

父亲是在陕西南部安康紫阳做木工时和我的母亲认识的,相亲相爱。我的母亲长得可以,人也长得高,大眼睛双眼皮,眼睫毛长,性格开朗。

1978年农历七月,父亲带着母亲从陕西安康回到了老家,农历八月初三到东明集镇公社登记结婚,1980年农历五月二十三日天刚刚亮的卯时,我出生了。我奶奶说,当接生婆把我收拾干净,洗完手正好天刚亮。我的出生给家里带来了无尽的快乐,家里人生活在欢声笑语中,经过那么多的坎坷家里终于添了一个男丁,怎么说都是天大的喜事啊。

但是好景不长,大概就在我一岁半的时候,父亲和母亲好像因为什么事发生了争执,母亲提出来要到陕西娘家住几天,我父亲就同意了。母亲走后从此杳无音信了,对我的抚养又落在了我奶奶的肩上。那个时候也挺难的,不像现在生活条件好,不管怎么说,一个一岁半的孩子丢给谁带,谁都觉得难带。

我模模糊糊记得我很小时,奶奶背着我去看电影,也不知道咋搞的,没走多远,我一下子把屎拉到奶奶的双手上了。当时我小,穿的是开裆裤,我在奶奶的背上,她背着我,双手托着我的屁股,一拉屎就拉到了奶奶的手上了。奶奶后来说:"我也不吭声,背着你赶快往家赶,到家里给你洗擦,换衣服。"当时奶奶应该60多岁吧,经常背着我出去玩。

我小时候最喜欢吃烧饼,父亲也最喜欢给我买烧饼吃,当时烧饼便宜,所以,烧饼的味道一直伴随着我的童年。

我小时候经常跟着奶奶住大姑家和二姑家,和那些表兄弟表姐妹们一起长大。

2014年12月在北京钓鱼台国宾馆芳菲苑参加中国教育家大会

三、幸福生活

对孩子不能娇惯得不懂人事

奶奶带孩子、教育孩子有一套独特的办法。奶奶很喜欢孩子,但是她从不娇惯孩子,常挂在口头上的一句话是:"对孩子娇吃娇穿可以,但是不能娇惯得不懂人事。"

奶奶对我在懂事的教育上其实是严格的,她这个"懂人事"的教育理念,其实就是我们常说的"知礼节、知廉耻"。奶奶最看不上或者说看不起不懂人事的孩子,不管是自己的孩子或者是亲戚邻居家的孩子,她都是这样。

奶奶对父亲、大姑、二姑他们三个人的教育是这样的要求,对我也是同样的要求。她不喜欢小孩子跟大人犟嘴,不喜欢大人批评小孩子一句,小孩子回敬大人好多句。她常说:"大人让干什么就是干什么,不要在那里说秃对瞎,东拉西扯。"她认为小孩子跟大人犟嘴是最不懂人事的行为。

奶奶还教育孩子见了亲戚、邻居、长辈要学会打招呼,要学会说话,不要"大不拉及的",甚至别人跟自己打招呼,还爱答不理的,这个方面我坚持做得比较好。奶奶认为见了长辈不打招呼是不懂人事的。

以上两点是我奶奶教育孩子的最低要求,也是最基本的要求。奶奶这个教育孩子的理念放到现在都管用,有时候我教育我两个孩子都会与奶奶的教育理念相对比,看看自己差在哪里了。

我家和我大姑家都继承了这些教育理念,大姑家的几个孩子,也就是我的几个表兄弟表姐妹们,他们教育孩子也做得比较好。有一次回去过年,去我大姑家看大姑的时候,快吃午饭了,我的表弟建领拿50块钱给他女儿,让她去村西头买一次性的杯子等东西,孩子毫不犹豫地去了。他女儿才六七岁,就这么懂事,这么能干,会替大人干点活了,而且还独自一人在县城读小学,开始自己的独立生活和学习。

其实对孩子严加管理和教育,到后来得益的还是孩子自己本人,因为这样能够使孩子成长得更优秀,让孩子们能够较好地与人相处,较好地早日适应社会。

和奶奶的自拍

吃饭时不能打骂孩子

奶奶常说:"吃饭时不能打骂孩子,如果吃饭时你打骂孩子,你是让孩子吃饭,还是不让孩子吃饭啊?"

闺女在逗她妈妈,她妈妈要打她,她老奶奶护着,
你看闺女她老奶奶和她爷爷的表情

奶奶说过我父亲小的时候特别调皮(大概 5 岁到 8 岁),但是吃饭的时候,我奶奶从不打我父亲。奶奶说,有一次我父亲犯了错误,本来要打他,给父亲长长记性,但是马上要开饭了,所以就忍住没有打他。吃完饭,奶奶把我父亲哄过来,扑腾扑腾打一顿,并问我父亲:"知道为什么打

你不?"这个时候我父亲还要回答出来为什么挨打,奶奶接着又问:"下次改不改?"我父亲必须回答:"改,下次一定不敢了。"

奶奶在世的时候,我曾经问过奶奶,我说有时候孩子吃饭时,也是可以打骂几下的。奶奶说:"最好不要在吃饭的时候打骂孩子,因为你在吃饭的时候打骂孩子,第一是孩子吃不好,第二是大人本身忙那么久,很累了,本想安安静静地吃顿舒心的饭,你打他,他服了认错了,那还好,如果孩子不认错,你不是给自己找气受嘛。还有,吃饭时打骂孩子显得这个家庭氛围不好,有什么大不了的事,非要吃饭的时候打骂孩子,孩子成长的过程就是需要管教的,像棵小树一样,你不修理哪里能长好呢?"

奶奶说:"像你二姑小时候,她犯了错,你一打骂她,她就三天吃不下饭。"

奶奶一番朴实的话语,对我影响很大。我儿女如果犯错了,在吃饭时我不再苛责他们,给他们创造一个温馨的用餐环境。

聪明的奶奶

我现在比较喜欢听戏曲或者看戏剧的爱好都是受奶奶的影响,我喜欢看的是豫剧、二夹弦、大平调、四平调等,我不喜欢京剧,也许是我小时候奶奶没有带我看过京剧的缘故吧。

小时候,我的隔壁村展营村经常唱戏,每到唱戏的时候我父亲就会用自行车带着我和奶奶去看戏,晚上散戏后,父亲再去接我和奶奶。

有一次,我和奶奶在展营村看戏,下午的戏看完了,要在那等着看完晚上的夜戏再回家。奶奶给我带了干粮,就是奶奶打的锅盔。"锅盔"这个词一般人听不懂到底是啥东西,靠近黄河边上的人大都应该知道。奶奶一共带了一块锅盔,奶奶拿给我吃的时候,把锅盔掰成两半,给我旁边的小朋友一半锅盔。这个小朋友是从集上过来的,她姥姥一看我奶奶给她一块锅盔,就马上给我一半烧饼。烧饼那时还是个稀罕物啊,一般人家是吃不起的。这个小朋友的姥姥又给了我两块西瓜。奶奶说我吃半块锅盔、半块烧饼、两块西瓜可以吃饱了。

后来,我问奶奶:"你为什么想起来给人家半块锅盔啊?"奶奶说:"下午看戏的时候,我看到他们带了西瓜和烧饼,我觉得你也想吃。你吃的时候人家还没有吃,你先给人家吃的东西,人家会不好意思的,人家吃的时候也会给你吃的。这样你既交了朋友,又变着花样换吃的,多好啊。"瞧我奶奶多聪明。

和奶奶一起捡破烂

我 10 岁至 17 岁,奶奶经常带我捡破烂,倒不是生活所迫,而是一种乐趣。

吃过早饭,奶奶收拾完锅罩,晒上柴火后,我和奶奶拿个布袋就开始在村里的角角落落找"宝贝"了。我和奶奶最喜欢的就是人家扔的废铁,一般是人家用烂的铁锅。通常捡半个月,我就拉着奶奶到东明集(乡镇上)北街废品收购站去卖。

破烂是用地排车送过去的。我先让奶奶坐在地排车上,废品也放上,奶奶不喜欢拉着,拉着她就晕车,所以奶奶喜欢我推着她。推着奶奶走到大路上,奶奶就下来,让我坐上,她推地排车,奶奶推一会儿就换我。我们两个轮流推着,就这样花一个半小时的时间走到东明集北街。那时我是十几岁的小伙子了,还是很有力气的,大部分路程我推着奶奶,因为她那时毕竟 70 多岁了,三寸金莲的脚走不了多少路,况且还推着个车子。

我们一次一般能卖到 15 元左右,现在的 15 元买不了什么东西,那个时候的 15 元还是大钱。卖得好的时候,能卖到二三十元。卖到钱后我和奶奶先是在集上吃点好吃的,两个人最多花 1 块钱,那个时候一个大烧饼就 2 毛钱,现在一个小烧饼就 2 块多钱了。吃完后我再给父亲带点吃的,就推着奶奶高高兴兴地回家了。

特别值得一提的是,卖完废品回来的路上,我们甭提有多高兴了,车上的东西卖了,车子就轻了。我当时还是很调皮的,奶奶坐在地排车上,我推着她从路这边推到路那边。那个时候路上没有什么汽车,当时大家都穷,路上也没有什么人,推着奶奶,我们怀揣着 10 来块钱跟疯子似的一路狂奔着回家。

回忆我的奶奶

每到晌午奶奶都会问我吃啥饭

　　我的奶奶每到快做午饭时,总是问我:"晌午吃啥饭?"或者头一天就开始问我:"明天晌午想吃啥饭?"问我中午吃什么饭,是从我记事起奶奶一直以来的习惯,可见奶奶是多么地疼爱我。

　　对于中午做什么饭征求大家的意见,是我的奶奶长期以来保持的一种习惯。自从我的奶奶嫁到我们家里来,就开始做饭了,当时做什么饭,我的奶奶就问她的婆婆,也就是我的曾祖母。奶奶的婆婆说做什么饭,我的奶奶就做什么饭。现在做什么饭又问我,可见,我的奶奶这一辈子,中午做什么饭都是听别人的,没有说自己想吃什么饭就做什么饭。

　　其实,凡是在家做饭的,都发愁午饭做什么,我的奶奶也不例外。我小的时候,还不太懂事,有时候会挑食,挑食是大部分小孩子的一个共同的毛病吧。记得有一次,大概我10岁不到的时候,奶奶做好饭了,我说不想吃这个,又说想吃那个。奶奶会故意生气地说:"你肚子里的蛔虫也不知你想吃啥。"

　　我大了懂事后,特别是到了南昌后,我回家就开始学着给奶奶做吃的,问她喜欢吃什么。其实,我问她喜欢吃什么,我的奶奶都是一种回答:"吃啥都中。"其实我和奶奶生活了那么久,也知道她喜欢吃什么了,她喜欢吃包的饺子、下的手擀面、炒茄子、烘鸡蛋、炖白菜粉条等,所以,我给奶奶变着花样做她爱吃的。我和面给奶奶做手擀面,给奶奶包饺子,给奶奶烘鸡蛋,看着奶奶吃得很香很高兴,我心里也很高兴。有一次我在家过假期,奶奶早上起来,问我:"做的啥饭呐?"我会趴在奶奶的耳朵上,高兴地对她说:"做的是你最喜欢吃的白菜炖粉条。"奶奶笑了,赶快洗手,坐到饭桌旁准备吃饭。

陪奶奶打牌

在厨房忙碌了一辈子

我的奶奶自从嫁到我们家就开始做饭,并且做了一辈子。说实话,大多数人都不喜欢做饭,但是奶奶说她喜欢做饭。大姑家近门的一个奶奶对我奶奶讲她的两只手就喜欢闲着,我奶奶却说她的两只手就不喜欢闲着。

奶奶进厨房做饭

我问奶奶:"为什么要这样说呢?"奶奶说:"说自己不喜欢做饭有什么用啊,说不说都是要做,还不如说自己喜欢做饭呢。"

我读初中和高中的时候,都是周五下午回家,要是课程不紧张,可以周一一大早赶回学校。有一次我想在家多住一晚,准备周一一大早赶回学校,当时家里没有钟表,没法看时间。奶奶看着天快亮了,就起来给我包饺子,包完饺子,就等着下饺子。可是天还没有亮呢,奶奶又躺在床上再眯一会儿,等天亮了再下饺子。我父亲有一块上海牌的手表,他是住西屋的,奶奶和面要去西屋拿面粉,父亲当时又搞不清奶奶要去西屋拿什么东西。后来父亲说那个时候才凌晨3点来钟,可见当时奶奶起得有多早。奶奶一直有这个早起的习惯,我要是出去上学,或者天亮了要找人帮忙打场(意思就是打小麦),她都会早早地起来,炸面驼子、炸丸子、包饺子等。后来,我在奶奶的卧室放了个大钟,奶奶只要想知道几点了,就拉亮灯看看,有时候她会说凌晨几点起来解了个手,这样奶奶再也不会那么早早地起床辛苦自己了。

奶奶一直到96岁还到厨房里忙碌,到了97岁以后就没有再去过厨房了。

爱 屋 及 乌

奶奶做到了"爱屋及乌"。人这一生会有很多小伙伴,会走路时就开始结交小伙伴了。我有很多小伙伴,读初中、高中时,小伙伴都喜欢到我家里玩。

我初中的小伙伴,比较有代表性的叫魏柏涛。他家在我村的北边隔一个村,我们是初中的时候认识的,他比我大一岁,对我很关照,总是像大哥哥一样关心我。他有什么事就会和我商量,我们同吃同住,由于两家不是很远,假期我们也会骑着自行车来回串门。他到了我家里,奶奶看出他是我比较要好的朋友,待他也很亲,给柏涛拿这个吃拿那个吃。

我读高中的时候,由于我是学校的学生会主席,交往的人也比较多,到过我家里的有胡俊山、军栋、小菲、张友泽、社涛、小杰等,比较要好的是社涛、小菲,特别要好的是小杰,到现在我和小杰像是亲兄弟一样。读高中时小杰比我小一个年级,他老家是菜园集乡的,但是他的父母已经在新疆生活很多年了。他上学时住在他的姨家,由于我们的学校离我家比较近,所以,我就会带他到我家过周六周日,我奶奶也特别喜欢小杰,给他做好吃的。小杰为人善良,积极上进,有时候我在学生会的工作比较忙,他就一个人回家里帮我父亲做农活。我奶奶92岁生病的时候,我出差去绍兴,他去看我,天亮了小杰还偷偷地给我留下了1000块钱放在客厅的书桌上,让我给奶奶买点好吃的。奶奶也一直记着小杰,听说小杰让我给她带了1000块钱,奶奶心里挺感动,当时就问:"小杰过得还好吧?"我给她讲了小杰在宁波创业拼搏的经历后,记得奶奶说了句:"小杰是个厚道的小孩,现在小杰有本事了,如果小杰他娘还活着那该多好啊。"

其中,安振也算是我上高中前认识的,认识后我们相互走亲戚。振弟到我家后,我奶奶非常高兴。振弟是练体育的,力气大,没有事了就会到我家里看看有没有什么活干。我家堂屋的西间就是振弟拉土垫出来的。振弟到了南昌上大学后,有时候回山东老家,也会拐到我家里看奶奶,如果奶奶在我大姑家或二姑家,振弟就会到大姑家或二姑家去看我的奶奶。

这些弟兄们都离开这么久了,还和奶奶亲着,每次谈起他们,奶奶都会很高兴、很欣慰,都会问几句:"他们娶媳妇了没有？现在几个孩子了？现在在做啥？"

到了南昌后,我又结交了一些兄弟,小夏、铁生、小筑、宇中、缘分、小宝、二原、小虎、宇平、家俊等都到过我家里。这个时候,奶奶已经不会做饭了,她会特意嘱咐我:"人家大老远来了,让连芝给他们多做些好吃的,没有就去买,不要怕花钱。"奶奶看到他们很高兴,总和他们聊聊天,问东问西的。

奶奶鼓励我入党

　　前几年,我曾经问过奶奶:"共产党好不好?"她说:"好。"我又问:"为啥好啊?"她说:"共产党当家穷人少了,大家都一样,谁也不比谁高一等,过上好日子的人多了,以前过好日子的就是像我娘家那样极少数的人,这样不好。"

　　我刚读初中时,奶奶说我爸爸由于外婆家成分不好,没有入党。奶奶对于我加入党组织是非常鼓励的,所以我16岁读初二时就写了第一封入党申请书,由于年龄不够18岁,被时任书记兼校长的董留任老师婉拒了。

　　到了高中后,我继续递交入党申请书。在高中时我遇到了一个好班主任胡学周老师,遇到了一个好校长好党支部书记卢金领校长。进入高一(二)班,班主任是胡学周老师,当时我写了入党申请书,到高一的第二个学期我就是党员培养对象了,也就是入党积极分子。高二时我是学校学生会副主席,我这个副主席是经过竞选三个部分(领导打分、教师打分、学生打分)打分上来的。虽然是副主席,其实是我在主持学生会的日常工作,到了高三时,我就水到渠成地成为学校的学生会主席。

　　我奶奶对于我当学校的学生会主席是非常高兴的,学生会的一些干部去我家里玩,奶奶都会给人家做好吃的。由于我在学生会主席的岗位上干得好,2000年6月2日早上,卢金领校长在学校会议室主持召开全校党员大会,我早早地来到会议室门口等,记得当时场面很隆重,大概有50多个党员,讨论我和周中华及三名教师的入党问题。当时卢金领校长问我为什么加入党组织时,我如实地做了回答,现在回忆起来历历在目,

作为校学生会主席主持校运会开幕式（右二）

使我终生不能忘怀，我就是在那天光荣地加入了中国共产党。

我入党之后奶奶特别高兴，记得奶奶当时逢人就讲"红永入党了"。

2017年11月在人民大会堂金色大厅开会

送送你还能耽误你多少事

我佩服奶奶的另外一个地方就是,她同意让我离开山东老家到1000多公里的南昌读书上学。一般来讲,像我在家里这么一个宝贝,又这么娇惯的孩子,家里人至少不会同意我离开山东老家到那么远的地方读书,但是奶奶不一样,她站得高看得远。

我到外地读书,奶奶同意并且鼓励,但是并不代表着奶奶舍得。我从小到大基本上没有出过远门,只在高三时作为校学生会主席带体育生到菏泽市曹县一中参加全市的体育比赛,最远就是到过曹县。

到南昌读书时,我家里还没有电话,当时都是写信。我这次在家过年整理我的东西时还整理出了当时的家书。后来我村里姓郭的一个邻居家装了一部电话(因为这个邻居家开了个小诊所),我如果想和我奶奶通电话,就打我邻居家的电话,邻居帮我去叫我奶奶,这个时候我父亲用自行车带着我奶奶到我邻居家等电话。我一般会过半个小时再打回去,我在这边打电话,刚开始是买张充值卡到电信局门口的电话亭去打,到后来每个小卖部门口都装了电话,给钱也可以打,同奶奶最长打10分钟,不能打太久,因为旁边还有不少人排队等着打电话,再就是电话费挺贵的。再到后来宿舍也装了电话,买张充值卡就可以打了。打一次电话,奶奶会高兴好多天。后来自己家里装了电话,我会隔三天或最多一个周给奶奶打一次电话,但是自从她92岁生病后,我基本上每天都会往家里给她老人家打一次电话。

每年都是寒暑假回山东老家,我再离家回南昌时,都是父亲用三轮车把我送到东明集的南转盘那里,那里有车去市里。每次走的时候,奶奶都送我，我叫奶奶不用送，奶奶却说："送送你还能耽误你多少事啊。"奶奶这样说，我也无话可说了，其实奶奶是舍不得我走啊。

　　我和奶奶都坐在父亲的电动三轮车上聊着天，到了东明集南转盘后，奶奶会笑着说一句："这车还怪快嘞。"我下三轮车坐到公交车上，向窗户外的奶奶和父亲告别就南下了，这一走可又是大半年。

奶奶去串门

奶奶与她的重孙女

我结婚后,第二年就有了我女儿。记得爱人连芝怀孕时,奶奶可高兴了,奶奶做小铺底,做一些产前的准备。

我女儿出生的时候,正好赶上暑假。当时我也正好在山东老家过假期,连芝感觉到身体不适的时候,我和我二姑,还有一个热心的邻居去了县城妇幼保健医院。到了后又一下子生不了,医生让吃肉,吃完后出去跑步活动,到了第二天(2007年7月26日,农历六月十三日)我闺女出生了。这天其实也是挺折腾的,一上午还是没有生的迹象,到了下午医生建议剖宫产,那我们就准备剖宫产。

奶奶抱着重孙女戴陆清

连芝进产房后,我父亲、二姑等就在外面等着,奶奶坐在座机电话边等着,大家都这样静静地等着,一会儿孩子抱出来了。

重孙女戴陆清在她怀里撒泼

剖宫产后要在医院住上一个周,当天晚上我闺女出生的第一夜是我搂着,七天出院后,我就匆匆忙忙地走了,忙学校的事去了。闺女一到家奶奶可高兴了,看了一遍又一遍,出去玩逢人就说"俺妮"怎么样怎么样。我闺女也特别喜欢她老奶奶,夏天她和她老奶奶在床上玩,还一不小心,把她老奶奶的门牙给碰掉了一块。我闺女小时候喜欢躺在她老奶奶的怀里撒泼。

大家都以为,我奶奶可能更喜欢我的儿子,其实不然,直到奶奶去世前她心里想着的还是我的闺女。奶奶去世前我们最近一次去上班,由于开车走,所以我们起得比较早,临走跟奶奶告别时,奶奶说道:"陆清过来,让我看看。"我闺女就站在她老奶奶的床边,说:"老奶奶,我们走了哈,放了假再回来看你。"奶奶说:"陆清,这回你们走了,我们不知道还能不能见上面。"此时奶奶已经流泪了……我给闺女递了个眼色,闺女忙答道:"我一放暑假就赶紧回来看恁老奶奶。"奶奶跟陆清说完话,我以为她会说看看我儿子,我准备让我儿子上前去,可是她老人家却没有说话。当时我就知道了,在奶奶的心里面还是喜欢我闺女更多一点,也许是因为她老人家和我闺女相处的时间长,特别是最后这两年我们出去办事,剩下我闺女和我奶奶在家,我闺女就帮她老人家上厕所,给她老人家端便盆、倒便盆,陪老人家聊天、打牌等。

重孙女戴陆清暑假陪她老奶奶打牌

抱着重孙子的奶奶笑得合不拢嘴

我闺女出生以后,按照我们一般人的思维,生了闺女下一步就是想生个儿子。

那个时候二胎还没有完全放开,由于我是独生子女,倒是可以生二胎。提起生二胎其实挺不容易的,我们一直在努力,在努力的过程中,我问过奶奶,第二个你想要男孩子,还是想要女孩子啊。其实不用问,我们都知道奶奶内心的真实想法,是想要个男孩子。可是奶奶却没有那样回答,她说:"生男生女都一样,只要再生一个,两个孩子也有个伴,大人能陪他们多久啊。"

在我闺女 7 岁半的时候,我有了儿子,连芝怀着他的时候,用乡下的土办法测验,是个儿子,奶奶知道后,心里可高兴了。因为时隔 7 年半,中间没有 1 年闲着,说实话这可辛苦了连芝。奶奶鼓励我说:"命中得子有早晚。"2014 年的冬天,马年农历十一月二十日,我的儿子在江西省人民医院出生了。儿子出生后大家甭提有多高兴了,我马上给奶奶打电话,报告好消息。奶奶激动地说:"准不准,看看下面没有啊?"我说:"看了,准,是个带把的。"奶奶说:"那就放心了。"奶奶比较谨慎,恐怕搞错了,连续问了几遍。奶奶提前做好的小铺底也拿来用了。

过了一个多月,我们要回家过春节了。到了家我把儿子戴润邦往奶奶怀里一放,奶奶抱起这重孙子,看着心里可激动了,笑得合不拢嘴。就这样,一家五口人过到了一家六口人。

每次回家,奶奶看着润邦一天一天地长大,后来儿子可以和他老奶奶玩了,两个人玩车,还不停地交流着。儿子再大点就比较调皮了,他想和他老奶奶掰手腕,或者用头撞他老奶奶。我对儿子说:"你老奶奶可不是你妈妈,可经不住你撞啊。"儿子也听话,不再撞了。

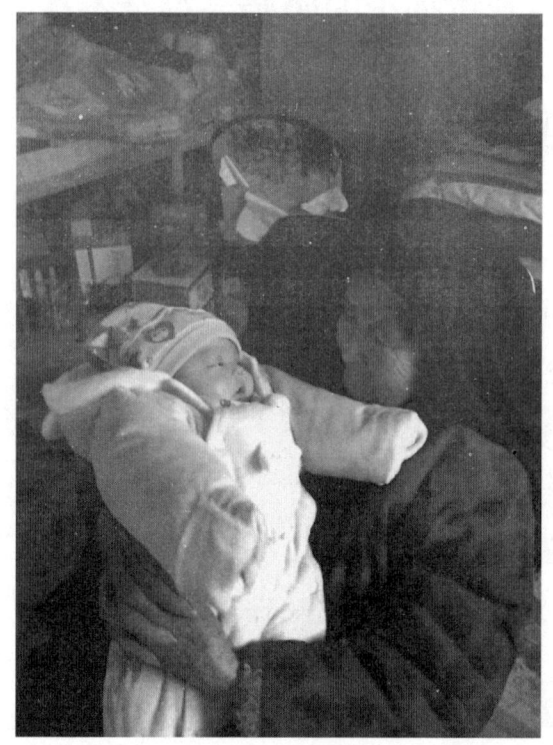

奶奶抱着重孙戴润邦

和重孙子戴润邦玩老公鸡的玩具

拜　　年

在我们农村乡下过年，到现在还流行着给长辈磕头拜年。

我奶奶不喜欢我和父亲给她磕头，连芝过来后，也不喜欢连芝给她磕头，她常说："自己人磕啥头啊。"可是她喜欢我闺女和我儿子给她磕头。每到过年的时候，她都会早早地准备好红包，放到枕头下面，到了大年初一就把它拿出来。

大年初一，我们的风俗要求早点起床，我奶奶也喜欢早点起床。我们一般是五点起床，我先起床，然后连芝起床。父亲去烧锅，锅里是热的馒头。父亲烧锅的时候，奶奶就起床了，她不需要别人帮她。奶奶起床的时候，我就赶快让我的儿女起床。奶奶起床后，坐到饭桌旁边，我就给她倒洗脸的水，锅烧好后，就点火鞭下饺子了。根据奶奶的习惯，还要敬天地，然后吃饭。我们这有个风俗，比如我们是六口人，要舀七个碗；再一个习俗是吃饺子之前，多少都要吃一口馒头。我问奶奶这是为什么，奶奶说："这样吃一口馒头，全年的身体都会扎实（意思是吃口馒头全年都会健健康康的）。"

大家吃完饭后，就开始拜年了。虽然奶奶每年不让我们给她磕头，但是还是要拜一下年，然后就是陆清、润邦给老奶奶磕头。磕完头，奶奶给他们两个发钱，看得出来奶奶是非常高兴的。有一次，陆清磕完头去拿红包，奶奶递给陆清后，润邦忘记磕头了，赶快也去拿红包。奶奶说："你还没有磕头呢。"儿子笑着赶快回去磕了个头，奶奶把红包递给他，大家都乐得哈哈大笑。

然后，我带着孩子们和爱人去祖厅给祖宗拜年，去给几个辈分长的人拜年。族里的叔叔、哥哥、弟弟等几十个人来我家给我奶奶磕头拜年。我家的院子那么大,人都站不下。

祖孙三人尽享天伦之乐

奶奶和重孙辈的孩子们

孙媳妇与奶奶

奶奶盼望一年的事情,就是等着天热了,放暑假了,我们都回去。奶奶最喜欢的事是连芝给她洗头剪发。

孙媳妇胡连芝给奶奶洗头剪发

奶奶的发型是过去的发饰,是网卷的,用金簪子插上,但是年纪大了后,她梳洗困难了,就听从别人的建议,把头发剪了,留成短发了。

我和孩子们每年固定回家两次,也就是寒暑假回家,寒假回家是奶奶盼着过年,一家六口人团聚在一起高高兴兴过大年;而暑假奶奶盼望着大人孩子都回去,给她洗洗头、剪剪发,和孩子们聚聚;老人就是盼着能和孩子多在一起享天伦之乐。

帮奶奶晒零花钱

每次暑假回家,找一个好的天气,一般是晌午,这个时候太阳比较大,天气热,连芝就会到厨房里烧一大锅热水,准备给奶奶洗澡、洗头、理发。洗完澡、理完发后,奶奶会说:"不孬,一年就盼望着连芝回来给我洗洗头,剪剪头发,这一剪就一年,头发早就该剪了。洗澡后浑身洗个透心凉,轻松多了。"

连芝给奶奶洗澡剪发的时候,我会把奶奶的床铺整理一下,东西该拿出去晒的就拿出去晒,把奶奶的钱也拿出去晒晒。我给她换的基本上是10元的零钱,这样她花起来就比较容易,免得弄不清楚。她花钱也就是每次10块钱,买点吃的东西,其他的东西也不需要她花钱。其实奶奶去世前她有近万元,5000元是我上班第一年的奖金,学校发了后我就给奶奶存银行了,加上我给她的零花钱,大姐、国哥等他们几个给她的零花钱,她平时积攒着,也舍不得大手大脚花钱,所以我每次暑假回来就给她重新算一次。奶奶会把钱放到她的棉袜筒里,还有其他的袜子里面,有一次连芝没有注意,给她洗衣服时,把钱也给她洗了,我就把钱摆在地上晒干放好。

连芝给她收拾完后,头发短了,浑身清爽了,这个时候,她会笑着说:"连芝给我一剪一洗,我又能多活两年。"

夏天全家六口人自拍

幸福的晚年

奶奶第一次生大病,那是她92岁的时候。奶奶当时住在我二姑家,我还在南昌上班,奶奶用二姑的电话给我打电话,说她两条腿不能走路了,也吃不下东西。

我放下电话后,急急忙忙地往家赶,赶到家里就带奶奶到镇上的医院去做检查,拍了脑电图,全身都做了检查。检查后我就去菏泽坐火车赶往济南,听说省里的齐鲁医院比较好,我就去了齐鲁医院。医生从脑电图上看不出什么,建议我奶奶做磁共振。我对医生讲我奶奶92岁了,又晕车,肯定到不了齐鲁医院,医生说那也没有办法。

我坐火车回家时一直想这个事怎么办,最后我想好了,河南的兰考人民医院离我们那比较近,也有磁共振检查。没有到家,我就安排好了,长海开车,我大姐、二姑一起,让我奶奶坐副驾驶。我到二姑家后把奶奶接上,去兰考人民医院。

到了兰考人民医院后,找了个轮椅,我就推着奶奶去做磁共振。实验室里面是不让外人进去的,可能看我奶奶年纪大,就让我进去陪同照顾,我帮奶奶脱了外上衣。医生说:"老太太,您口袋里有没有东西啊?有就拿出来。"奶奶就掏自己的口袋,掏出几块冰糖。奶奶跟医生说:"给你们吃吧。"医生笑着说:"谢谢老太太,我们工作时不能吃东西。"奶奶就让我装了起来。

奶奶做完磁共振后,做检查的医生特意跑过来说:"老太太,您的脑细胞真好,大部分40岁人的脑细胞都没有您的脑细胞好,看来您不容易生气,您的心态好。如果您心态不好,容易生气的话,脑细胞就不会这么好。"医生说的是事实。

检查结果出来了,奶奶得的是老年病,病名叫腔隙性脑梗死。医生建议住院,我当时思考很久,到底要不要住院。住院其实就是打针,我跟我父亲商量,他说听我的,大姐和二姑也说听我的,最后我决定,奶奶回去住在我二姑家,二姑家离镇医院近,打针方便。先在兰考人民医院开了三天的药,奶奶回去就打上了针。我拿着奶奶的检查结果,又马不停蹄地去济南,到了齐鲁医院,找神经外科专家,挂好号在走廊里等待叫号,那个时候我无比孤独,无比难过。奶奶生这样的病咋办啊?我就给汪忠武书记打电话咨询这个到底是什么病,因为汪书记是医学出身。听了汪书记一席话,我心里好受多了。他说腔隙性脑梗死比脑梗死好治多了,他说这是老年病。我的头发就是从我奶奶92岁生病时开始有了白头发的,奶奶生病也促进了我的成长。我曾经向上苍祈求"我愿意拿我十年的阳寿换我奶奶再活三年",当时奶奶已经92岁了,我觉得能活到95岁就可以了,不敢多奢求,其实还是非常感谢现代发达的医疗水平,奶奶又整整多活了7年。

在菏泽去往济南的火车上,时间紧没有买到坐票

齐鲁医院的医生看了磁共振的片子,也看了兰考人民医院医生的治疗方案,然后医生又给出了一个新的优化的治疗方案。我在齐鲁医院拿了一些药,我们菏泽东明那里有的药就没有拿,毕竟大医院的药比较贵。

奶奶打针打了13天后,病情明显好转了,脚腿也可以活动了。两个人搀着她的两个胳膊,她就可以走路了,饭也能吃了,医生说可以不打针了。我决定再打一个疗程进行巩固,就让我奶奶去大姑家打针,又打了7天。我又去齐鲁医院问医生,我对医生说:"现在已经好了,我想让我奶奶再吃些什么药进行巩固比较好。"医生给我开了三样药,记得有一种叫"脑安胶囊",这个药的作用很大,如果光打针好了后不吃药,那后果不堪设想。我非常感谢山东齐鲁医院神经外科的专家们,因为他们没有限于"非见病人不问诊、不开药"的条条框框。

奶奶好了后,问我为什么还要吃药。我说这是增加你的抵抗力和记忆力的。如果不这样告诉她,她会有心理负担,心里会想这病怎么还不好呢。因为家里都有个习惯,吃药就是生病了,不吃药了,就是病好了。奶奶生病后我去山东济南很多次,住火车站旁边的泉城宾馆很多次,也度过了几个孤独的不眠之夜,这份痛苦和孤独是别人替代不了的。

到二姑家去看奶奶,和她聊天

三、幸福生活

我奶奶这一辈子两头生活是享福的,中间的日子过得艰难,不过正应了奶奶说的一句话:"你不经过几个运动你就不能成老太太了。"意思就是说:人这一辈子不经过九九八十一难,你就没有资格当老人。这里的"运动",是奶奶用来形容人生艰难困苦的每道坎。

奶奶的晚年,我没有在她跟前尽孝,我在南昌上班,奶奶和父亲在山东老家生活。奶奶喜欢打纸牌,所以到了后来几年,父亲就陪我奶奶打纸牌。别看我奶奶的年龄大,直到她老人家去世的前一天还在打牌,并且我的父亲赢她的时候不多,她和我父亲打牌,打一会儿就哈哈大笑。我父亲跟她打一会儿牌,就出去打会儿杂。"打杂"在我们老家的术语就是做家务。

我父亲去做家务后,我奶奶就一个人坐在大椅子上打会儿盹。父亲做好饭,给她端过去,无论做什么吃的,她都不挑剔。以前我父亲没有做过饭,所以他不会做饭,自从我奶奶92岁大病康复后,做饭的差事就落在了我父亲的身上。有时候,我问奶奶:"我父亲做的饭好吃吗?"奶奶哈哈大笑说:"什么好吃不好吃啊,反正做熟了,吃了能充饥就中。"奶奶的意思是说,不管做的饭好吃不好吃,只要吃了不饿就行了。有时候我们对于父母做的饭不好吃了,还会说两句,可见奶奶多么迁就儿子做的饭。不过,我父亲做了几年的饭,做的饭也好吃了,到后来,我奶奶还夸我父亲蒸的馒头好吃,蒸的花卷好吃,炒的豆腐也不错。

父亲说直到奶奶去世,他都没有伺候够她。父亲对我说:"再伺候你奶奶十年二十年我都不嫌累。"

我奶奶最喜欢的就是我和孩子们在家和她过寒暑假,寒假过年是可以的,有时候暑假比较忙,我就把他们娘几个送回老家,孩子们就会在老家陪奶奶至少半个月,然后孩子们再去他们外婆家住几天。我闺女小时候,如果到了饭时不吃饭了,我奶奶就会喊我闺女说:"妮,过来,看看咱们两个谁先吃完,咱们两个比赛。"这个时候,我闺女就会和我奶奶比赛,奶奶会等着我闺女先吃完,我奶奶就是这样哄孩子吃饭的。再到后来,有了我儿子,我儿子也是到吃饭的时候磨磨唧唧,不想吃饭,我奶奶就会喊我儿子,说:"小(家乡术语,对男孩子的昵称),过来,咱们比赛,看看谁先吃完。"这个时候,我儿子端着碗就过去了,靠在他老奶奶身上,他们祖孙娘俩比赛吃饭。当然,我奶奶又会让我儿子先吃完,奶奶最后还会对我儿子说:"又让你赢了。"

我闺女喜欢和我奶奶打牌,有时候,我奶奶看我闺女在那闲着,就会喊她:"陆清,过来,咱俩打牌吧。"这个时候闺女就会看看我,因为假期我给我闺女布置了作业,我就会说:"你老奶奶说了,赶快过去打吧。"她们两个就打起牌来。我奶奶有这个习惯,我们全家人都知道,她只要打起牌来,别人不说不打了,她永远不会说今天不要打了。

闺女戴陆清在和她老奶奶打牌

我后来想,奶奶之所以喜欢打牌,可能有两个原因:一是对她小时候美好生活的回忆,因为我奶奶小时候在她娘家做大小姐的时候也是天天打牌的;二是闲着无聊,打发时间。我想第一个原因应该是主要的原因,只不过我的奶奶不说罢了。

我闺女知道了她老奶奶喜欢打牌,完成学习任务后,就会趴到奶奶的耳朵上说:"老奶奶,咱们两个打牌吧。"我奶奶就会非常高兴地说:"好啊。"这个时候我奶奶的精气神就来了。

我奶奶去世前的正月十一那天下午,我奶奶和我父亲已经打牌打了大半个下午,我父亲说:"散伙(结束)吧,该去烧汤了(我们那里做晚饭统统称为烧汤)。"我奶奶说:"晚会儿烧吧,再打一把吧,你怕输啊?"奶奶这是对我父亲用的激将法,可见我奶奶是多么喜欢打牌啊。我奶奶这辈子没有什么其他的爱好,打牌是她最大的乐趣。

儿子戴润邦和他老奶奶玩玩具小车

我奶奶后来喜欢我儿子在她旁边玩小孩子的玩具车。我奶奶坐在小桌子旁边,我儿子会把他的玩具小车都倒在小桌子上玩。我奶奶和我儿子还会不停地讨论,商量这个小车该走哪里,过一会儿我儿子拿着他的小车在他老奶奶的胳膊上、胸前背后走来走去,看得出来,奶奶很享受这样的生活。人活一辈子不就希望孩子们能承欢膝下嘛,所以每次在老家的时间差不多了,我们要走的时候奶奶会依依不舍,但是她会控制住自己的情绪,面带微笑,举起右手坚定地说:"该走就走吧,不能耽误你们的正事,光在家里守着我,你们吃啥?"奶奶的意思就是在家里守着老人是没有出息的,好男儿志在四方。

儿子戴润邦对他老奶奶讲他幼儿园的事

奶奶很喜欢我回家后带她坐到副驾驶上,我父亲和连芝他们几个坐后面去我大姑家、二姑家走亲戚,一般是早上去我二姑家,吃了早饭,聊聊天,再去我大姑家,在我大姑家吃了午饭就回来。奶奶说她最喜欢走亲戚了。

奶奶晚年最喜欢听到我进步的消息,我升职了,我涨工资了,我发表新的论文了,我获奖了,我在省委党校学习了,我出国参观考察去了,我去北京开会了,特别是我到了北京人民大会堂开会,奶奶高兴了好久。我到过北京的京西宾馆开会,到过北京的钓鱼台国宾馆芳菲苑开会,她都很高兴;尤其是我到新加坡、马来西亚学习考察时,给她打国际长途电话,向她老人家问好,给她讲外国的风土人情,她高兴了好多天。我奶奶说:"在农村这个乡下,我还能接到从外国打来的电话。"

2014 年在新加坡考察学习

我奶奶常说:"我这辈子值了,别人没有见过的,我都见过了;别人没有吃过的,我也吃过了。陆清十多岁了,小的也四岁了,生在福中要知福啊。"

在省委党校学习参加毕业典礼

四、为人处世

不能怨天尤人

奶奶常说:"遇事不能埋怨人,埋怨人会让那个人难堪。"

遇事不埋怨人是一种修养。遇事不埋怨人也叫遇事不责备。

在我和奶奶生活的38年里,我从没有听见过奶奶怨天尤人,也从来没有听见过奶奶半句埋怨父亲的话。父亲受奶奶的教育和熏陶,我也从来没有听见过父亲埋怨过奶奶。可见不能埋怨人是我们的家规家教。

在人的一生中或者在一个家庭里,生活是不易的,不如意事十有八九,小到油盐酱醋,大到一个家庭的发展,都会遇到沟沟坎坎,但是我们用什么样的心态去对待呢?

像我奶奶从富农的闺女嫁到雇农家里去给人家种地,从衣来伸手、饭来张口的大小姐生活,到侍候公婆,侍候儿媳等;从体面的生活到独自一人带大三个孩子,并给他们成家立业,每道坎、每个艰难历程其实都有她可以埋怨的地方,但是她没有。

记得我九岁的时候,家族的一个族叔跟我们争院子,这是我儿童时代记忆不多的往事之一。那个时候的院子是老一辈的院子,几家在一起的,我们已经把院子打扫好了,准备盖个西屋,但是邻居不让盖了,说西边这一溜是他们的。邻居这样说对也不对,所谓对,这个地方以前确实是他们的,他们要是对的。但是后来,经过公家村干部当着两家的面,决定给我们家了,我们现在也准备好盖西屋了,突然不让我们盖了。其实在农村因为地边子、院边子起争议也是很正常的。

当时,我记得一个晚上我奶奶领着我去村里找大队的(大队是对村支书和村主任的俗称),我们到了大队部(现在的村委会办公室),正好村干部也都在,在奶奶的极力请求下,大队的人答应在村的西北角给我们一个大的院子,就是现在我们住的院子。在当时,这片院子是没有人要的,因为院子里有两个坟头,院门外又有几个坟头,所以就给我们了。给了新院子我们都很高兴,就开始建设新院子了,先盖西屋,搬过来再说。我们是1990年农历四月初六搬入现在的院子里的。

多么美好的自拍,奶奶很高兴

我们这个院子是同门朝北的,一出门就是南北大路,两边都是邻居,奶奶在经历盖西屋邻居捣乱不让盖、要新院子、搬新家等过程中,如果没有永不言败的韧劲,早就怨天尤人了。

回忆我的奶奶

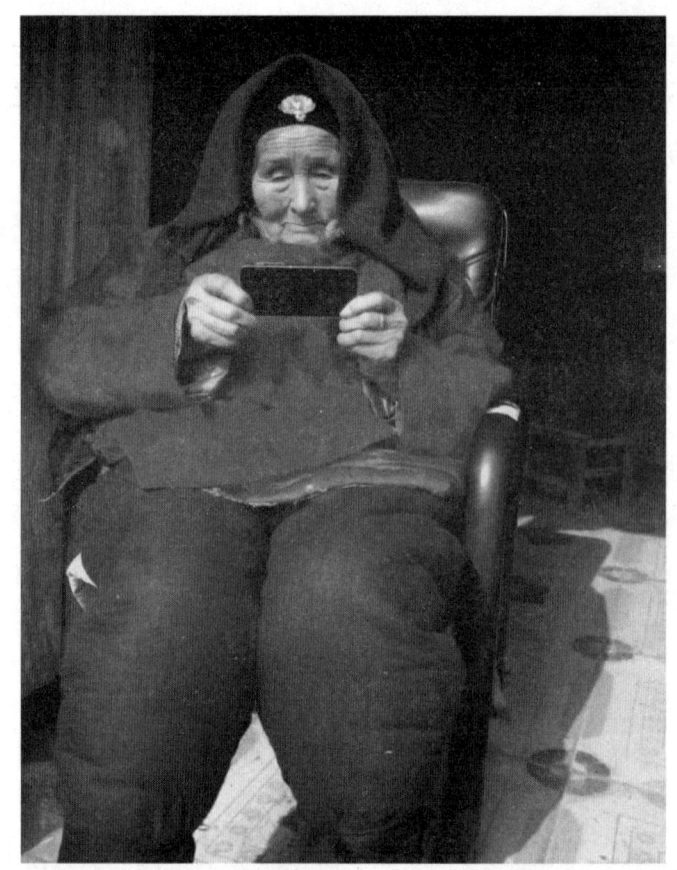

2016年过春节时振弟买了新手机,奶奶在看

不能翻嘴扯舌

"不能翻嘴扯舌"的意思是说不能在人与人之间过话,不能对着张三说李四不行,也不能对着李四说张三不行,也就是说不能搬弄是非。

不翻嘴扯舌、不搬弄是非是奶奶做人的底线。

奶奶一辈子生活在农村,在农村里经常讨论的大都是婆媳关系,婆媳关系又是比较难处理的人与人之间的关系。奶奶和四老面奶奶的关系非常好,基本上天天去串门。吃过晚饭后,奶奶一般会领着我去四老面奶奶家玩或者是二华奶奶家玩,奶奶就和四老面奶奶聊天。四老面奶奶和她的几个儿媳妇关系不是很融洽,有时甚至骂架。四老面奶奶是非常好的人,性格直爽,爱打抱不平,她几个儿媳妇也是非常好的人,她们对我奶奶都不错。奶奶和四老面奶奶关系好,四老面奶奶不喜欢儿媳妇,那么奶奶也跟她一样不喜欢她儿媳妇,就不好了。奶奶常说:"和这个人关系好,不能因为这个人和那个人关系不好,就和那个人关系也不好。要和那个人关系该咋好就咋好,各玩各的。"四老面奶奶家和二华奶奶家他们的门第是近的,但是不知道因为什么事,他们之间没有来往,可是奶奶和他们两家的关系最好,整个村庄后街邻居们都知道。

小时候,我和父亲在打麦场里准备扬场(小麦和麦秆剥离后,用木掀把小麦穗的混合物扬到半空,经过大风一吹,麦粒就会落下来)。因为我当时小,啥也不会干,这个时候,四老面奶奶的儿媳妇下地干活路过这里,一看我父亲一个人扬场,她连问都没有问,拿起扫把就给打落子(指小麦粒落下后,用扫把把上面的杂物扫掉,剩下小麦粒),打了大半个下午,弄得差不多了,才离开到自己的田地里干自己的活。

四老面奶奶去世后,我家到现在和她的几个儿媳妇关系还是非常好。我奶奶去世后,连芝去找人给我奶奶穿衣服,四老面奶奶的儿媳妇一听说,马上就赶过来了,给我奶奶穿衣服,穿着的时候,她伤心地流着泪说:"我要送这个老太太一程,这个老太太是个好人,从不翻嘴扯舌,做好事做了一辈子。"给去世的人穿衣服是要给重礼的,这个四老面奶奶的儿媳妇却不要,到最后觉得不要不太好,因为这个事都必须要点钱,所以象征性地收了20块钱。

奶奶为人处世的方法值得我们后代子孙好好学习。

奶奶坐上了小汽车

能不麻烦别人就不要麻烦别人

能不麻烦别人就不麻烦别人,是奶奶为人处世的基本准则。

98 岁的奶奶坚持每天自己穿衣起床

奶奶平常最不喜欢别人给她端饭碗、拿馒头,我曾经问过奶奶,我说:"您在娘家时不都是丫鬟给您端碗吗?"奶奶说:"那是小时候的事了,自从到了文寨,就开始给别人端碗了,一直到现在,反而不习惯别人给我端碗了。"奶奶 92 岁以前的时候,有一次在家里,我给奶奶端了一次碗,奶奶就比较生气,她说:"我最不喜欢别人给我端碗。"按道理来说,那么大岁数了，晚辈给她端个碗是应该的，她却不让，一直到她92岁以后，行动不便了，才慢慢习惯别人给她端碗了。

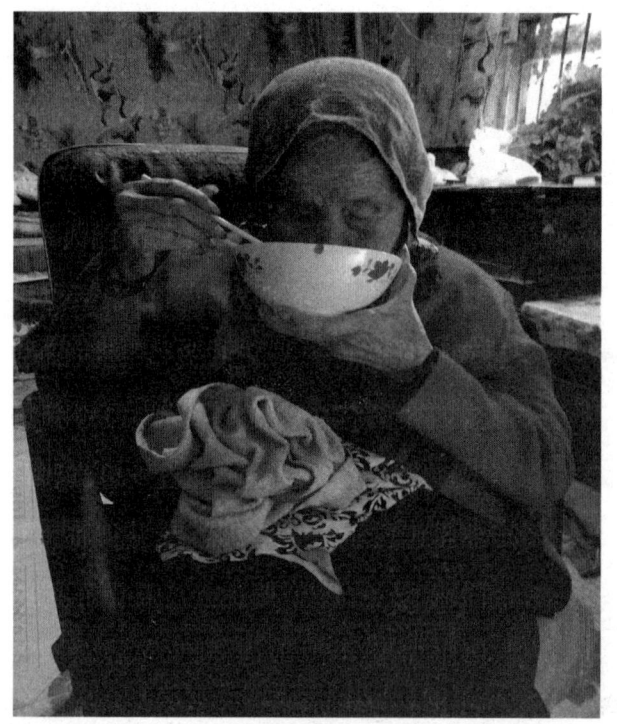

奶奶自己端碗吃饭

奶奶七八十岁的时候，在我大姑家住着。可能晚上吃东西没有吃好，半夜里上厕所时把衣服弄脏了，一般人天亮后拿给自己闺女洗，但是她没有，她偷偷地塞在床的里面，等大伙吃过早饭都忙去后，她再拿出来自己洗。

奶奶最后这三年上厕所都需要别人搀扶着，把她搀扶到厕所，她自己解手，就不用管她了，她解完手会喊，然后家人过去把她再搀扶到屋里。她为了不打扰不麻烦别人，自己经常憋着。我们知道了她这个习惯后，就隔段时间问她一下上不上厕所，为了不麻烦别人，她能不上厕所就不上厕所。有时候我们出去办事，她和我闺女戴陆清在家，我闺女就给她端尿盆。

奶奶直到99岁去世前，无论春夏秋冬都是她自己穿衣服，特别是冬天，穿的棉衣服那么厚、那么重，都是她一个人穿上去。晚上睡觉只要帮她盖一下就行了，她不让别人帮忙。直到她老人家去世，她晚上起夜都是她自己，从来没有麻烦过任何人。

2018年农历正月十二日早上九点，奶奶就起不来床了，医生过来打上点滴，到正月十三日早上九点去世，奶奶在床上躺了整整一天。打点滴打了一天，去世后别人给她穿衣服时她身子下面干干净净，连一丁点污渍都没有。她老人家临走时还是不麻烦别人。

奶奶不止一次说过："能不麻烦旁人就不要去麻烦旁人。"奶奶这个风格，连我都自愧不如，这都是我们年轻人应该学习的。

有时候，我闺女早上起来看老奶奶自己起床，自己穿衣服，就会跑过去帮她扣一下扣子，她还是非常高兴的，这个时候她会说："妮长大了，会伺候我了。"

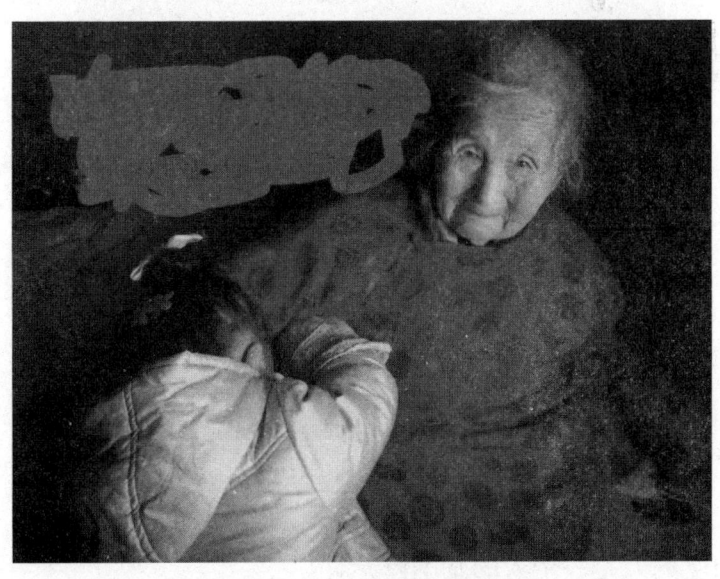

闺女戴陆清伺候她老奶奶，给她扣扣子

奶奶是个自觉的人

奶奶常说："为人要自觉,一些话和一些事不要等着别人说第二遍,话说三遍为臭狗屎。"奶奶还说："一些话,别人说一次就应该记一辈子的。"

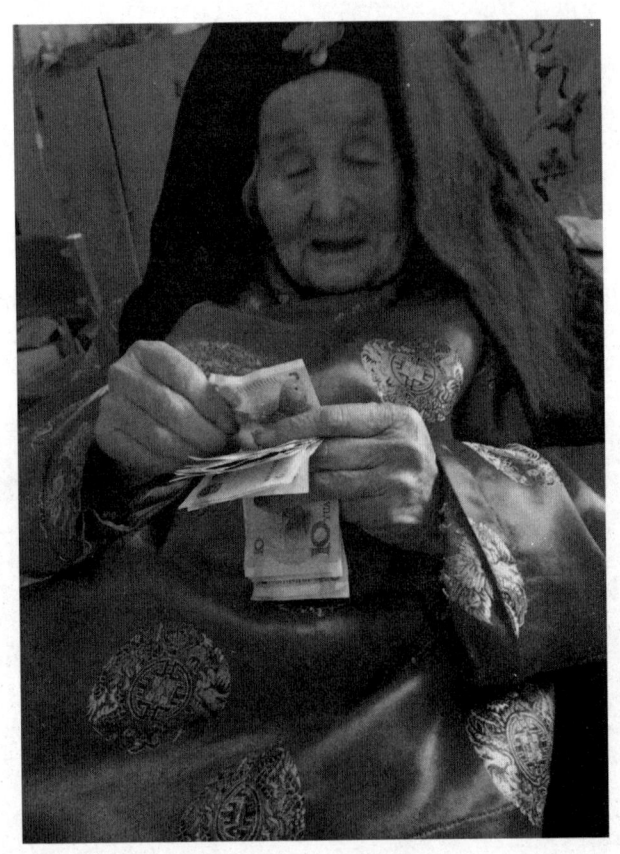

2018年农历正月初五奶奶在数钱

做自觉的人是一个人的基本修养。

在和奶奶生活的38年里,该是奶奶做的事,甚至不是奶奶应该做的事,她能做好的都会主动揽过来。从来没有见过或者听说过是奶奶的活,而她没有去做,更别说等着别人催着去做。

特别是最后的几年,她无论在我大姑家住着,还是在我二姑家住着,只要她一生病或者发现自己的身体稍微有点不对,她就会让我姑给我父亲打电话,赶快把她接到家里去。我姑不打,她就生气,并督促赶快打电话,大姑和二姑都不知道这是为什么。到后来,我问她:"你为什么一有病就赶快让父亲接你回来呢,你以前不是这样啊。"奶奶笑着说:"到了我这个年纪就是一个熟透的瓜,说不定哪天就瓜熟蒂落了。你想想,虽说是自己的闺女家,没有啥,但是死还是死在自己家好,免得让人家心里有个梗。"我听到奶奶的解释后,哈哈大笑,奶奶说的也是,奶奶是一个多么自觉的人啊。

奶奶直到去世的那天和有病打吊针外,无论春夏秋冬从来没有让别人叫过她起床,并且有时候比我们年轻人起得还要早。在她90岁以前,她比我父亲起得早,都是她起来喊我父亲起床。90岁后,她跟着大家的步伐起床,大家都起来了,她也就起来了。其实作为她那么大年纪,坐在床上让别人端,一点都不过分,但是她不要这样,她早早起来坐到饭桌旁边,等着吃饭了,直到去世前,她的饭量还是可以的。

过大年时她也是6点钟和我们一起起床和吃饭,吃完饭坐到床上等着族里的人来给她磕头。我们族里有几个长辈80岁左右,还有70多岁的,去他们家里拜年,他们都在床上坐着。我这奶奶百岁的人,五更天不亮就早早起来洗漱完毕,吃完早餐,坐在堂屋炉火前等着别人来拜年。我跟奶奶说:"其实你那么大岁数了,不用起来也行。"奶奶却说:"大过年的哪能不起床啊。"

奶奶最不喜欢睡懒觉,只要起床了,就没有再睡觉的习惯。有时候她在我大姑家住着,我大姑有睡午觉的习惯,我奶奶就说:"这也不知道睡啥,现在的日子这么好,让我睡我都睡不着。"大姑听着笑呵呵地睡了。

奶奶在吃早餐,每天早上一个鸡蛋

扬手不打笑脸人

扬手不打笑脸人,体现的是一种为人处世的博大胸怀,体现的是一种与人为善的处事态度。

十五六岁的时候,我在家里睡午觉,家族里的一个大爷到我家里收什么钱。我们家里人其实不太欢迎他,具体原因,是历史遗留问题,不想在这里赘述。所以他一到我家收钱,我就比较抵触,当时我喊了一句什么话,我记不得了。记得当时父亲也没有跟他多说话,把钱给了他,他就走了。等他走后,奶奶对我说:"以后一定要注意,不论别人对咱们怎么样,人家只要到了咱们家里,该打招呼还是要打招呼,扬手不打笑脸人。"

其实,当时听完奶奶的这句教导,我是很不理解的。因为这个大爷干了不少坏事,不能说恶贯满盈、十恶不赦吧,但是确实不是什么好人,他被拘留过、蹲过监狱。当年,我爷爷去世得早,奶奶带着父亲和大姑、二姑,生活艰难,这位大爷却处处使绊子,给我奶奶增加麻烦。不是一家人不进一家门,他的媳妇也是心眼不平的人,听说年前别人家盖房子,他们两家又不是邻居,她却跑过去,不让人家盖房子,在那里胡搅蛮缠。到现在我另外一家的大娘(不是亲大娘,但是待我跟亲的一样)提起他们来恨得牙疼,这次回家过年,我去老年公寓看我大娘,我三哥提起了往事,我大娘说她死了不会埋到南地老坟上,不和他们埋在一起。可见当初的矛盾多么激烈,多么不可调和。

受奶奶的教育,有时候在大街上,碰到他们两口子,我都会主动叫声"大爷、大娘"打个招呼,回家我跟奶奶说,奶奶笑着说:"这就对了。"

我是一个疾恶如仇的人,城府很浅,我在高中当校学生会主席,上任前卢金领校长找我谈话时,就特别给我提出要求。卢金领校长说:"你是学校的学生会主席,学生领袖,喜怒哀乐不能挂在脸上,让你的下属一看就知道了,不能随便表态,你的城府要深一些。"到后来工作时,王继承书记也委婉地说过我,他说:"红永啊,只要是你喜欢的人,你就会拼了命对人家好;只要是你认为这个人不好,你都懒得搭理人家。"这其实是老书记对我委婉的批评与教育。

奶奶的扬手不打笑脸人就是教育我们,要学会与不同的人相处,要有胸襟。

奶奶中午坐到堂屋门口晒太阳

男人哪有不难的,当男人就是"作难"的

有一年寒假,孩子们都出去玩了,奶奶坐在堂屋门口,家里就剩下我们两个。

奶奶在仔细看中共中央求是杂志社给我发的"优秀作者"荣誉证书

奶奶坐在西边的门边上,我坐在东边的门边上,奶奶问我:"你难不难啊?"我说:"不难。"奶奶说:"当男人的哪有不难的啊,当男人就是作难的。"(意思是说当个男人就是为了解决困难而存在的、生活的。)

其实,奶奶知道我难。我独自一人南下,读书、找工作,到现在有儿有女,2008年7月买了套房子,又买了车子。为了我闺女读书,2017年

12月我又买了套大一点的房子,奶奶会想从弱小的一个孩子,到现在的顶门立户,肯定是不容易的。

奶奶跟我讲了她父亲和她二哥是怎么样把他们那个家撑起来的。奶奶说:"当男人不容易,当妇女就不一样,把家里的几件事和孩子弄好就行了。男人是一个家的财源,家里吃喝拉撒全靠他呀,遇到困难又不能说,苦水只有自己慢慢地咽下。再一个是,媳妇和老人长辈关系好不好,全靠男人有没有本事去调和。这也是男人的不容易啊,当小女人有时候还可以撒泼,当男人就不行。"奶奶最后说:"永,你不容易啊。"

奶奶的一席话说得我挺心酸的,自从奶奶92岁生病后,即使康复了,我们家里也有个规定,有好事喜事就跟我奶奶说,不好的事、令人不愉快的事,就不跟她说了。我们都知道,对于岁数大的人,我们做晚辈的要报喜不报忧。我的困难我从来没有跟奶奶说过,但是奶奶心里跟明镜似的,什么都知道。

奶奶说得我潸然泪下,我于是站起来,回我的房间,假装拿东西。

奶奶又说:"如果男人娶到一个好媳妇会旺几代人,如果娶一个不心疼自己男人的媳妇,整天折腾事,嘴又臭(指说话难听),那就倒了八辈子血霉了。男人下地回来本来身体就累,如果媳妇还在那里做作,气量小的男人就活不长,整个家就垮了,最终吃亏受罪的还是自己的孩子和老人。所以,男人一定要有气量。"

不能认死理

奶奶常说:"不能认死理,不能一根筋,不能撞到南墙上还不知道回头。"

不能认死理,是一种处理复杂问题、摆脱困难的智慧。

奶奶跟我讲,在过去的年代里,一般女子嫁到婆家后,挨打的比较多,因为认死理,以为在娘家呢,有父母疼、兄弟姊妹爱,到了婆家还以为男人会爱,公婆会疼,那就错了。奶奶说:"那个时代,你自己争气,有眼色,见到活就干活,勤快点,公婆一般是待见的,公婆待见,自己的外边人(自己的男人)自然就待见;如果自己死眼皮,又懒,公婆就不会待见你,公婆不待见你,自己的外边人也就不会待见你。自己的外边人是听他父母的,不像现在,有的外边人是听自己家里人(自己的媳妇)的眼色对待父母的。"奶奶又说:"当儿媳妇的认死理了,一根筋了,让公婆生气了,公婆就会让自己的外边人打,外边人又不敢不打。其实那时有父母在外边人也当不了家,让干什么就干什么。"此时此刻,我想起了一部电视剧《大宅门》里面的白景琦,那么听他妈妈的话,让他打自己的小妾杨九红,他就必须打,杨九红还为此一哭二闹三上吊。

奶奶说:"有很多有钱的娶的媳妇比较多,有大房了,再娶的就叫小婆,小婆经常挨大婆的打,常常会因为一些不值得一提的小事认死理,嘴里面整天嘟嘟嘟,大婆听烦了,就会拉出去打一顿。"奶奶说她嫁到文寨村后,不但没有挨过一次打,还受公婆家里人待见,逢人就夸。

奶奶说:"做人不能死眼皮,和别人说话时,或者和别人相处时,要点风就过、指风就转。点风就过、指风就转的意思是:要善于观察对方的神色,如果对方给你使着眼色想要干什么,你要清楚,并能根据人家的意思把话说好,把事办好。"

小时候,奶奶跟我说这些道理的时候,我没有感觉,觉得听听就算了,碰到这样的现象注意做好就是了,其实现在想一想,极有现实意义。

在北京京西宾馆参加第七届中国管理科学大会

在外不能说儿媳妇的不是

我奶奶谈起家务事时会说:"当婆婆的出去不能和别人说自己儿媳妇的不是。"

奶奶经历了三个儿媳妇,有离婚的,有死去的,也有外地的儿媳妇,奶奶就坚持一条,那就是出门不论在哪里绝对不说自己儿媳妇的不是。

我曾经跟奶奶说:"你看现在的婆婆和儿媳妇多么难相处,要么婆婆跟别人聊天说自己的儿媳妇不行,要么儿媳妇说婆婆不行。"我问奶奶:"你怎么看呢?"

奶奶笑着说:"儿媳妇出去可以说婆婆的不是,但是,当婆婆的不能说自己儿媳妇的不是。儿媳妇对自己婆婆不满意,大都是因为婆婆太强势了,当婆婆的太把自己当回事了,操心过头了,或者是婆婆偏心哪个儿子,或者是婆婆偏心哪个闺女了。娶了儿媳妇要主动摆好位置,要主动下台,毕竟儿媳妇是要和自己的儿子过一辈子的,不要管得太宽,他们两口子过只要不吵架就中。"

奶奶说:"当婆婆的如果出去说儿媳妇的不是,这些话早晚会到儿媳妇的耳朵里,那就是大事。儿媳妇中不中,一要看儿媳妇自身有没有教养,儿媳妇在她娘家当闺女的时候,她的爹娘有没有教好她;二要看自己的儿子会不会调教儿媳妇。嫌儿媳妇对婆婆不好,怪只能怪自己的儿子没有本事。"

奶奶还说:"当婆婆的出去说儿媳妇的不是,儿媳妇知道了,等婆婆老了的时候早晚还会落到儿媳妇的手里,当婆婆的早晚还是要听儿媳妇安排的,总有躺在床上的那一天。再一个,家丑也不能外扬,你跟别人讲自己的儿媳妇不中,别人也不能去给你打抱不平,去把你儿媳妇打一顿,给你出出气。"

奶奶讲的有一些道理,不过奶奶说:"有时候婆婆和儿媳妇合不来,吵架,也不是一个人的错,一个巴掌拍不响,这就是清官难断家务事啊,清官还断不了的家务事,咱们更说不清了。"奶奶此时说完,就哈哈大笑了。

大姑在陪奶奶看戏,开戏前别人跟我奶奶打招呼

闺女孝敬娘是应该的

奶奶常说:"当闺女的无论给她娘买什么东西或者送什么东西都是应该的,都不能说什么。"

我结婚后,每次回孩子外婆家的时候,奶奶都会说:"拿的东西不要少了,一年就去那么两次,去的又不勤,不要舍不得花钱,你看看小床上有什么想要拿的就拿去,不就省买了。"邻居、大姑、二姑、大姐是经常来看看奶奶的,特别是大姑半个月或者十来天就会过来一趟,买的啥都有。但是我不能把亲戚邻居给奶奶买的东西拿走啊,自己该买还是要买的。

有一次,奶奶在过道里坐着纳凉,邻居的一个兄弟也在我家过道里和奶奶聊天。当时这个兄弟在我的老单位上学,他说闺女的外婆从南昌我家回她家时,让他帮忙提行李,他说行李蛮重的,包里装了闺女的妈妈买的不少东西。奶奶没有听完就插话了。后来我问奶奶,怎么聊着聊着就插话了,奶奶说:"闺女无论给她娘什么东西都是应该的,这个不能说,闺女不给她娘东西那她给谁呀,等以后没有我了,我那橱子里面的东西都是连芝的啊,她想给谁就给谁。你小时候在你二姑家住着回来的时候,你二姑不也是大包裹小包裹往车上放吗?都是些破不溜丢的不穿的东西,回来我给你二姑做鞋用。"做鞋用就是用这些破布纳成千层底的布鞋。

有一次,奶奶在我家过道里坐着纳凉,一个邻居在那讲和儿媳妇生气吵架的事,奶奶问邻居为什么和儿媳妇吵架生气,邻居答道:"家里这么穷,没有钱,我儿媳妇去她娘家该买的买了,不该买的也买了。"我奶奶听完就"哦"了一声,然后跟邻居聊起以前穷苦的日子。晚上我问奶奶:

"你为什么不劝劝她,而是又把话岔开了呢?"奶奶说:"人家把闺女养那么大了,回娘家买点东西怎么了?又没有把自己家的钱往她娘家拿,如果这点东西都买不起,那只能怪自己的儿子没有本事,不会赚钱,过得打锅('打锅'是东明老家的地方方言,意思是指日子过得紧张而又憋屈,基本的柴米油盐都买不起)。"

在日常生活中,包括我身边的兄弟他们也会有类似的情况,这些婶子们嫌儿媳妇花钱了,买东西多了,要是用我奶奶的话说就是:"儿媳妇又不向你要钱,花他们自己赚的钱。你管她买什么,花多少钱干什么,这不是自己给自己找气生嘛,有福不知道享受。"

有时候从闺女外婆家走亲戚回来,在家没有事和奶奶聊天,奶奶会问送的什么东西,我会一五一十地跟奶奶说,奶奶听完就说:"那是应该的,你买的东西不多。"

奶奶这个为人处世的态度和方法至今仍然值得借鉴。

奶奶在邻居家串门聊天

做人要知恩图报

"给肉要知道香、给屎要知道臭",这是奶奶在我小时候经常教育我的话,当时我就知道奶奶说这句话的意思是让我知道:别人对我好,要知道好。

现在想想,奶奶这句话蕴含着为人处世的人生哲理,我们要明辨是非,分得清好坏,知道什么叫"真善美"、什么叫"假丑恶",别人对自己好要知道,不好的也要心中有数。这句话是教育我们要知恩图报。

奶奶在日常生活中是记挂别人对自己好的人,只要别人对她投之以桃,她就会报之以李。小时候奶奶常给别人送东西吃,让我也给邻居送过。别人对我家有大恩的,奶奶只要有好东西,就会长期送。

前几年我二姑家杀猪卖,二姑会给些猪血、猪肉、猪油等。二姑家给了后,我奶奶先留好自己吃的,然后会分门别类地弄成几份送人。这家给了我们五个西瓜,我们应该给别人多少猪血;这家给我们帮忙打了几年的小麦,应该给人家猪油吃;这家在我们要新的院子时帮了忙,应该给人家点肉,等等,奶奶会一五一十地扳着手算算这家算算那家。奶奶分好给这家猪血、给那家猪肉或猪油,都打好包,会让我父亲骑着自行车给人家送去。20世纪八九十年代,大家还是缺肉的,不要说那个时候,就是现在这些东西也是很受大家欢迎的。所以,当时这些东西给了谁家,谁家都是非常感动、非常欢迎的。不过,奶奶对我说:"给了邻居点不要跟你二姑说,你二姑知道了不好,你二姑会想,给了你们就是让你们吃的,你们送人,我也会送人;如果你二姑给了,我们不送人,人家对咱们这么好,我们拿什么还人家的人情啊,人都是以心换心的,再一个,这么多,我们也吃不完啊。"

奶奶常说:"自己吃了填坑,让别人吃了留名。"奶奶知恩图报,别人对自己的好,奶奶一五一十都记着,并一一还礼,给我留下了深刻的印象,是我们后代子孙学习的榜样。

奶奶在做针线活

后 记

　　您走时那么的慈祥安静,就像睡着了一样,恐怕惊动大家……

　　您走时那么的洁净,您的身下干干净净,打了那么多点滴,担心麻烦大家,身下没有留下一滴污渍……

　　您走时那么的完美,头天下午还和我父亲打牌,第二天卧床一天一夜,等我和孩子们从南昌回来都到齐了,您咳嗽了两声,就驾鹤西去……

　　您是千金小姐出身,但您从不矫情,嫁给一个雇农,我的祖父早殇,您养育、成就了一大家子人,自己仍谦虚低调不居功……

　　您热爱共产党,在夏营村帮八路,1946 年刘邓大军南下住咱家,您号召大家腾出住房、厨房给解放军……

　　您是那么的勤劳,做饭操持家务一生,我记得您给我洗衣服洗到 86 岁,我强行阻止,您才罢手。我每次早起上学,您十几年如一日五更做好饭,您 95 岁还下厨房炸丸子,炸油条,下饺子。您说您最喜欢劳动,两只手最不喜欢闲着……

　　您是那么的自觉,只要自己能干好的事,您从不喜欢麻烦别人,这点我都自愧不如,被您"惯坏"了……

　　您是那么的避嫌,您是那么的要强,您是那么的能干,您是那么的和善邻里,从不与邻居争强好胜……

　　您走时那么的匆忙,您为了等我和孩子们回来就在床上躺了一晚,仅仅让我在您床榻守了六个小时,您为何不在床上多躺些时间,让我多陪陪您……

您享年九十九岁,您发病于早上九点,第二天走于早上九点,您真是九九归一……

我们要向您学习的地方太多了。愿有来世必定再续祖孙缘分!

戴红永

于2018年农历正月十三日山东老家堂屋